旅の軌跡

安国論寺境内　「南面窟」

（P30「松葉ヶ谷そして大磯」より）

青墓の「梁塵秘抄」の碑

（P40「青墓・大垣」より）

千早城登山口

登山口のはじめの石段

(P75「千早・金剛」より)

西行堂

西行妻娘の墓

紀伊国分寺跡

（P86「紀ノ川」より）

華岡青洲診療所住居外観

（P96「歴史のおとぎ話のような」より）

旅する町医者

蝙蝠のつぶやき篇

秋元直人
AKIMOTO Naoto

文芸社

目次

『細雪』、読みだすその前に

思えば遠くに来たものだ、と当方ひとり感慨にふけっている。

当方、ふた昔ぐらい前までは、学会のjournal数誌にきちんと目を通す学徒であった。どれだけ内容を理解していたかということに関しては、この際触れない。それが零細自営業を営み始めた頃から、日医誌の特集記事に目を通すことも、かなりいい加減になり始めた。ましてや……。

日々の経営で固定費を確保することに追われ、さらにパンデミックが追いうちをかけ、視力の低下がさらに追いうちをかけ、さらに間の悪いことに長年使ってきた耐久消費財が次から次へと不調を訴え始めるという悪い循環が追いうちをかけ（一番の不調は当方本体のような気がするが、そうは思いたくない）、まだ購読しているjournalも積ん読というより資源ゴミに回り、見栄を張らないで経費節減の決断に迫られている。

辛さを雑文に書くことで現実から逃避しようとして幾星霜、まさか当方自身、谷崎潤一郎にまで辿りつくとは予想していなかった。

そんな折、上映年代の異なる『細雪』の映画をまとめて（同じ日ではないが）観てしまったのが本稿のきっかけであろう。

先人の言葉を借用するが、当方、鳥なき里の蝙蝠《こうもり》であることを自認している。

おそらく、これをお読みの方々の大半は『細雪』を読んだことがないと推察する（だって試験に出ないもの）。

ならば『細雪』入門としての概要を自分の前勉強も兼ね、蝙蝠として案内するべきではないかと考えるに至った。

江戸時代から大阪船場に店を構えていた資産家の蒔岡家《まきおかけ》は、大正から昭和にかけて没落していく。蒔岡家には四人の姉妹がいた。

長女、鶴子（大姉《おおきい》ちゃん）。次女、幸子（中姉《なかあん》ちゃん）。三女、雪子（雪姉《きあん》ちゃん）。四女、妙子（こいさん）。いずれも美人で華やかな姉妹として周囲に知れ渡っていた。

長女の鶴子は、銀行員の辰雄を婿にして本家を継いだが、辰雄は家業経営に興味がなく、先代の父の興したのれんを他人に渡してしまう。鶴子は四人の中では目立たない性格である。

次女幸子は、大阪に事務所を構える実業家の貞之助を婿に迎え、芦屋に分家している。幸子は明朗で感情も激しい性格である。

三女雪子は、やや内気だが、特に欠点もない。だが、三十歳を超えても独身であり、幸子はやきもきして何度もお見合いの世話をする。

『細雪』の流れは雪子のお見合いをひとつの軸として進んでいく。

四女妙子は行動的な性格で、新聞に恋愛事件のスキャンダルを載せられたこともある。現在は幸子の家から離れ、アパートで生活し、人形作りなどをしている。舞も習っており発表会などにも参加している。

ある年の梅雨、阪神地方は大雨に見舞われ山津波も発生し大水害を受けた（この事件は事実に基づいている）。

妙子は洋裁の先生の家に習いに行っていたが、家が孤立して流されそうになった。

その時、蒔岡家に出入りする写真師板倉の決死の救助で家にいた全員が難を逃れた。

妙子と板倉は近しくなっていくが、その翌々年、板倉は耳の手術後、下半身に毒が回り病院で亡くなる（この病態生理が当方にはよくわからない。ペニシリンも入手できない時代のことと思うが、識者のご教示を賜りたい。）。


前後するが、四姉妹には、幸子が音頭をとって、毎春一堂に会して花見に出かける行事があった。


芦屋から京都へ向かい、瓢亭《ひょうてい》で夕食をすませたあと祇園の歌舞練場で都踊りを見る。仕上げに円山公園に夜桜を見にいく。

翌朝は嵐山から花見を始め、最後は平安神宮の神苑に紅垂桜《べにしだれ》を見ることだった。

ちなみに、平安神宮というと平安京遷都の頃から存在していたと辺境育ちの当方は誤解していたのだが、作られたのは明治時代の内国勧業博覧会の折であるというから、大阪万博の時の太陽の塔と同じ流れのものと解釈できなくもない。

雪子の見合いのひとつは名古屋で行われ、その折に大垣へ寄り、蛍狩りを姉妹三人で楽しんだという情景描写があり、このことは谷崎夫人、松子氏も述べておられる。別の機会に触れてみたい。

とりたてて筋書きがあるようなないようなこの小説ではあるが、当時（一九三〇年代）の時代背景について、谷崎は不思議なほどに何も書いていない。

当方にとって、あれっと思ったのは、蒔岡家が関西であの当時亡命して日本に滞在している白系ロシア人やドイツ人と交流を持っていたということで、歴史も不得意な当方ではあるが、主な流れを列挙する。

・一九一七年（大正六年）ロシア十月革命、翌年レーニンがソヴィエト共和国宣言をする。

・一九二二年（大正十一年）レーニンが脳梗塞で倒れ、スターリンが後継に選出される。レーニンは一九二四年（大正十三年）に死去するまでスターリンを指導者の地位からひきおとそうといろいろ画策するが失敗に終わったとのこと。一九三〇年代、スターリンの独裁が頂点に達する。

そして、

・一九三六年（昭和十一年）二・二六事件勃発。『細雪』もこの年から物語が始まる。

・一九三七年（昭和十二年）春、四姉妹そろって京都へ花見。七月支那事変勃発。

・一九三八年（昭和十三年）七月、阪神大水害。

・一九三九年（昭和十四年）九月、ドイツがポーランドに侵攻、同月ソ連も同国に侵攻、第二次世界大戦勃発。

・一九四一年（昭和十六年）

冬、雪子が四月二十九日（天長節）、東京で挙式と決まる。

四月、妙子死産。

十二月、真珠湾攻撃、太平洋戦争勃発。

谷崎の三度目の結婚相手の松子夫人（旧姓・根津）は、谷崎の創作の大きなモチーフになっていたようで、谷崎の二度目の結婚生活の間から、『盲目物語』の淀君、『蘆刈』のお遊さん、『春琴抄』の春琴は、すべて松子夫人を想い描いたものだという。

福田清人氏によると、松子夫人は二十二歳で船場の木綿問屋、根津家に嫁した。何不自由のない船場の御寮さんとして暮らし、美人で大変な衣装道楽であったという。一流の画家に自分の衣装をデザインさせ、それを着て衆目を驚かせたという。画家の中でも伊東深水を最もひいきにしていたという。

周知のように、伊東深水の娘が女優の朝丘雪路である。谷崎の没後のことであるが、松子夫人は坂東玉三郎とも深い交流があったという。

『細雪』に描かれた時代は、昭和十一年（一九三六年）から昭和十六年（一九四一年）とされる。昭和十二年（一九三七年）、支那事変がおこる。昭和十四年（一九三九年）、第二次世界大戦がおこる。昭和十六年（一九四一年）、太平洋戦争が始まる。

引用ばかりで恐縮だが、ドナルド・キーン氏の解説を紹介したい。

「細雪」の叙述は何となく古風だが、もっと冒険的な技術を用いるのとは違うやり方で、しっかりとした現実感を創り上げている。昔日の日本の記憶を後世のために保存しようとしているかのようだ。それは平安期や自身の青春時代の日本ではなく、洗練された、国際的ですらある生活を送ることの出来る人々がまだいた、昭和初期、一九三〇年代半ばの日本の記憶である。

そして、こうも述べている。

彼の小説は告白的ではなく、いかなる哲学も主張せず、論理的でも政治的でもないが、文体の大家の手で豪華なほどに精緻に作られている。人生いかに生きるべきかの知恵や、現代社会の罪悪に対する鋭敏な分析などを求めて谷崎を読むものは一人もいない。

これは、最近知ったのだが、ロシア文学者の沼野恭子氏が、『細雪』に出てくる白系ロシア人、キリレンコ一家の料理などの内容を紹介している。当方また別の方角へ進んでしまいそう。いけない。いけない。

だけれど、『細雪』の描写が、当方にとっては遠い世界のことと認識していた、ロシアとウクライナを巡る情勢が、実は形は同じではないにしても、この当時にもすでにあったという事実を教えてくれることに、おどろいた。

映像で表現された『細雪』、備忘のために

いわくあり気なタイトルだが期待しないでほしい。すこし前のことになるが、上映年度の異なる『細雪』の映画を何回かに分けて観る機会があった。

もちろん原作と映画は別のものである。だがその扱われ方が、これから小説本編を読む上での手がかりになるのではないかと考えた。言い訳がましいが、どの映画も当方全くはじめてで、何の予備知識もないどころか本編も未読であった。そしてどれも一度ずつしか観ていない。どうしても曖昧な記憶になる。正確な比較を求めるのなら、それぞれの映画会社の広報宣伝にあたっていただきたい。

まず、一九五〇年版（映Ⅰ）、一九五九年版（映Ⅱ）、一九八三年版（映Ⅲ）の映画会社、監督など、主演俳優の表を参考にされたい。映画のはじめにクレジットが出てしまい当方には役と俳優の名前をきちんと覚えようがなかった。初見でそこまで集中

して記憶できようがない。今回は友人にネット検索で確認して表にしてもらった。だが当方は基本的には回り道をしても文献などをあたって進めたいと考えている。結果だけ先に出ていても何も自分には残らない。

映Ⅰで画像の質を期待するのはむずかしいし、当方の親の世代にあたる女性たちもスタイルが良い、とはいえない。映Ⅱ、映Ⅲに進むにつれ女性のスタイルも明らかに向上してきている。当方も映Ⅰの山根寿子《ひさこ》、花井蘭子などの名前も知らなかった。高峰秀子はこの映画出演がきっかけで、谷崎家に出入りするようになったとどこかで読んだ。轟夕起子はただひとり、映Ⅰと映Ⅱに出演している。これで仮に将来、映Ⅳが公開、上映されるようになったら、女優は現在のタカラヅカ、あるいはヴァーチャルなどに出てくる八頭身のようなスタイルになってしまうのだろうか？

画像もカラーになった映Ⅱ、映Ⅲと進むにつれ技術も進歩し、美しくなっていく。

今思い出してみて、映Ⅰで花見のシーンがあったかどうか不確かである。映Ⅰで屋外のシーンは、こいさんが奥畑（写真師である）と屋外でデートしたときだけだったような記憶がある。奥畑は、こいさんの踊りの発表会や、手芸の展示会などにも出入りし、記念写真を撮っていた。そんな画面の中で、あの時代の蒔岡家と、関西在住の外国人との交流も描かれており、「国際的な」印象を与えていた。昨今のロシア・ウクライナ情勢を目のあたりにすると、あの外国からの方々（白系ロシア人、ドイツ人）は、どのような経路と経過で関西に入り、仕事をしていたのか気になってくる。

映Ⅱでの屋外のシーンは雪子の見合いの場としてホテルや公園などが使われていたように思う。人手に渡った蒔岡家の上本町の店が閉ざされ、その隣に鉄筋の新しいビルを建設中で、前を鶴子、幸子が歩く姿があったように思う。芦屋川の貞之助・幸子の豪邸のモデルの家も実映されていて、建築様式が何造りというのか当方には不明だが、当方がみても「いやぁ、これは大豪邸だね」と驚いた画面もあった。

映Ⅰに戻るが、阪神大水害で流されてしまいそうな家を板倉が助けに行くシーンで大水の様子を、描いているシーンがあった。円谷映画の特撮などに似たような感じもするが、かなりリアルな映像であった。

この大水害の谷崎の文を引用する。

阪神間でも高燥《こうそう》な、景色の明るい、散歩に快適な地域なのであるが、それがちょうど揚子江や黄河の大洪水を想像させる風貌に変わってしまっている。そして普通の洪水と違うのは、六甲の山奥から溢れ出した山津波なので、真っ白な波頭を立てた怒濤が飛沫を上げながら後から後から押し寄せて来つつあって、恰も全体が沸々と煮えくり返る湯のように見える。たしかにこの波の立ったところは川ではなくて海、――どす黒く濁った、土用波が寄せる時の泥海である。

聞き覚えであるが、三島由紀夫がこのくだりを読んで、このような表現は自分たちよりあとの世代にはできないと感想を述べたという。

（映Ｉ）では、妙子は板倉に助けられたあと、ふたりは急接近する。奥畑は急死するが一貫して善人として扱われている。映Ⅱでは板倉の入院の場面では、奥畑の父、母、妹が妙子と対面するような展開がある。

なのに映Ⅲでは、板倉はむしろ、悪人に近いような扱いをされ、カゲが薄い。むしろ、板倉の死後、妙子とバーテンダーの三好との生活に焦点があてられている。物語の終盤では、妙子は三好との子を死産することになる。

妙子が芦屋川の幸子の家を出て独立する場面は各映画に出てくるのだが、映Ⅰでは鶴子が本来だったら、四姉妹の母親が妙子のためにと用意してくれていた嫁入り道具を、鶴子が自分の娘の病気の治療費に使い果たしてしまったと妙子に詫び、妙子が身の回りの品だけを携えて去っていくのを、幸子の家の玄関先で、幸子、雪子が見守る。ところが映Ⅱになると、妙子を誰も見送らず、ひとり遅れて家に戻ってきた雪子だけ、芦屋川の駅のホームまで早足で妙子を追いかけ、出発した電車の中の妙子をホームで見送るという画面になる。

映Ⅲでは妙子が家を出るシーンがあったかどうか当方の記憶にない。

松子夫人の連れ子（夫人の孫）にあたる渡辺たをり氏の本によると――谷崎自身は松子夫人の四姉妹の誰かをモデルにしたということには一切触れていないということであるが――、松子夫人の四姉妹（松子夫人は「幸子」にあたる。そして、ということは谷崎は『細雪』の中では「貞之助」にあたる）の上三人は着物を着て生活をしていたが「こいさん」は、ひとり仕事を持っていて、洋装で、パンプスを履いて街を闊歩していたということである。

別のところで書いておいたが、この物語は雪子の見合いを、ひとつの軸として進んでいくのだが、雪子といろいろな相手との見合いは、どの映画で誰と見合いをしたかというのが当方には整理がつかなくなっている。だが、映Ⅲでは、あの元阪神タイガースの江本孟紀氏が雪子（吉永小百合）と見合いする場面があって、これには、たまげた。

映Ⅲでは、ハナから嵐山の花見の席に四姉妹が集まる場面が出てくる。貞之助（石坂浩二）がそれを仕切っている。平安神宮への花見の画像など今の目から見ても流麗で美しい。市川崑の力量によるものであろう。今になって思い返すと、大水害や外国人との交流などの場面はなかったような気がする。この映画は東宝映画五十周年記念映画でもある。

映Ⅰ、映Ⅱと大きく異なり貞之助が前面に出てくる、まるでTeinosuke & his four sistersといった趣である。

貞之助は雪子にも、ちょっかいを出しているように見える場面もあるし、終盤の妙子の死産の状況を暗に含んだ場面では、ひとり、料理店に入り、窓の外の小雪の降りそぼる情景のもとで、「白雪」のお銚子を五本（きちんと数えました）ひとりで飲むシーンもあった。

「白雪」というのは何かの暗示でもあるのだろうか。映Ⅲは、桜で始まり雪で終わる印象を持った。

また知ったようなことを書くが、エドワード・G・サイデンステッカー氏は、谷崎は半世紀に及ぶ執筆活動の間、たったひとつの主題、すなわち「失われた母親の探究」を追っていたという。これは『源氏物語』の主題のひとつでもあるそうである（当方『源氏物語』も未読）。周知のように谷崎は『細雪』を手がける前、数年間、『源氏物語』の現代語訳に没頭していた。

『細雪』はよく『源氏物語』にもなぞらえられるが、サイデンステッカー氏は、両者は同じではないと書く。なぜなら『細雪』には『源氏物語』に匹敵するような、「喪失し、愛し得る男性」はいない、と。

今まで見てきた映Ⅰ、映Ⅱでも男性の影はとても薄かった。

そこで気になるのは映Ⅲ、市川崑の演出する、貞之助（＝石坂浩二）である。はたして市川崑は、そこまで踏みこんで、『源氏物語』を意識してこの映画を作ったのか興味が湧いてくる。

これは、想像であるけれど、「絵」にならないという理由で、どの映画にも現われていないのだろうが、原作では、結婚がきまり、雪子が東海道線で上京するのだが、その車中で突然下痢に苦しむのである。どう解釈すればいいのだろうか。

わっはっは、当方すっかり耳年増、目年増になってきた。

さあ、これから『細雪』の本編を読み始めてみることにしようか。

配役

	一九五〇年版	一九五九年版	一九八三年版
鶴子	高峰　秀子	轟　夕起子	岸　惠子
幸子	轟　夕起子	京　マチ子	佐久間　良子
雪子	山根　寿子	山本　富士子	吉永　小百合
妙子	花井　蘭子	叶　順子	古手川　祐子
辰雄（鶴子の夫）	伊志井　寛	信　欣三	伊丹　十三
貞之助（幸子の夫）	河津　清三郎	山茶花　究	石坂　浩二

奥畑（宝石屋のぼんぼん）	田中　春男	川崎　敬三	桂　小米朝
板倉（写真師）	田崎　潤	根上　淳	岸部　一徳
三好（バーテンダー）	堀　雄二	北原　義郎	辻　萬長

細雪の映画の制作者

	会社	監督	脚本	撮影	美術
一九五〇年版	新東宝（白黒）	阿部　豊	八住利雄	山中　進	進藤誠吾
一九五九年版	大映京都（カラー）	島　耕二	八住利雄	小原譲治	柴田篤二
一九八三年版	東宝（カラー）	市川　崑	市川　崑 日高真也	長谷川清	村本　忍

随筆　雪見酒

読んでいただきたい詩がある。

当方が在宅医療で伺っていた方が書いたものである。

この方は、友人何人かと同人誌を作られ、そこに載せたものである。

要介護度はⅣ、一時Ｖの判定をされたこともあった。

運動機能障害が進み、夜間、椅子からころげ落ちた場合など誰かが気がつくまでは、その場に横になったままの状態で朝を迎えるようなこともあった。

勉強熱心で、若い頃はいくつかの大学で学ばれた。

この詩に出てくるご主人も、現役時代一級建築士として活躍され、手がけた建物の名前を教えていただくと、「へぇ、あれもそうなんですか」と、当方驚いた記憶がある。

雪見酒

二月十三日　日曜日　雪が降っている
雪が降っている静かだねえ　と彼が言う
こんな日お酒が飲みたいね　と
お酒飲もうか　と私が言う
私もお酒は嫌いではない
でもくすりを沢山のんでいるから控えている
え？　お酒あるのと彼
ワインがここに　もう古いワインだけど
後ろの棚に飲みかけのワインがある
（南仏　辛口）と書いてある
小さな小さなグラスにワインを入れ私は一口飲む
彼は何杯も飲んでいる

私は八十九歳彼は九十歳
よく生きていてくれている本当に有難う
君の御両親はお元気だろうか？　など
私の母はもう五十年も前に　父は三十五年も前に亡くなっている
僕の両親はあまりほおったらかしにしているので怒っているのではないか
お父さんはずっと前に　お母さんは中野の病院で亡くなって
座間でお葬式をして　鳥取でもお葬式をしたと言うと
覚えていないという　死者が生きていると思っているようだ
美生※が早々と飾ってくれたひな人形のぼんぼりが
あかりをつけている
もう六十年も前に買った美生の人形だ
可愛い丸顔の人形だ
ガラスのケースに入っていたのを彼が段を作り赤い布を買ってきて
五段の立派なひな人形にした

桃の花も生花が飾ってある
ああ美味しい　と私
ああ美味しい　と彼
酸化したワインだが
ちびりちびり　と
雪が降っている
お父さんお母さん
きこえますか
私たち幸せですよ

●彼が何度もひどい通風をしたので誕生日、正月以外
お酒は　飲まない　お酒は　かくしている

●死んだ人が生きているように思うことは

……

私も夢の中で度々あることだ

……

※娘さんの名前

当方が、この同人誌の最新号をいただいたあと、ほどなくしてご本人は亡くなられた。

この詩を読んだあと、月並みな表現だが、言葉が出なかった。とても不自由な体調で長年過ごされてきたのに、なんと豊かな生涯を送られたのだろう。

「医療」などと称して、お宅に出入りしていながら、一体自分は何を行っていたのか、何を感じとっていたのか、底の浅い「診療」に自分自身が恥ずかしくなった。

自分の意思の表示ができる方ならまだしも、それもままならない方の気持ちをどれだけ汲みとっていたのか。ひとりの人間の一度だけの生涯には変わりはないのに。

年をとり、経験の数が増せば自分の視野の前の霧が晴れてすべて理解できていくと傲慢な予想をしていたこともあったのに、ひとから教えられ学び直すことは増えていくばかりである。

松葉ヶ谷そして大磯

先に、鎌倉七口巡りをして、逗子亀ヶ岡団地のてっぺんから、名越切通しを下り始めたのだが、雨足が強まり滑りそうになったので途中で引き返した。

だが時を経るに従って、見残した思いが強まり、日蓮の松葉ヶ谷の法難の現場も確認したいという思いも強くなってきた。

今回も元湘南ボーイに東京から車で連れていってもらうことにしたのだが、また雨模様である。だからといって二人の相性が悪いのではない。氏はオフィスにこもって仕事をされているのではなく、主に関東の鎌倉武士や日蓮の活動舞台を縦横に移動して活躍されているのである。そう何度も休日の貴重な時間を費やしてもらうわけにもいかない。

今回は団地側から降りていくのではなく、氏の提案で、横須賀線大町踏切方面から上り始めた。

雑踏に沿った住宅街の細い坂道であったが歩を進めるにつれ、道が絶え、そのかわりに山の斜面に沿って右側に突き出している、固定された工事現場に敷いてある足板のようなところを上らざるを得なくなってくる。

右前下方から突然横須賀線の電車が出現する。おそるおそる手を支えながら後方を振り返ると、そちらからも電車が進行してくる。直下のところで、電車がすれ違っていく。

いや絶景かな。この風景は横須賀線百景のひとつに選ばれてもよいのではないか。

さらに歩を進め、やっと地面に足をつける。その先も切り通しになっていて、道も屈曲し、一列でないと進めない箇所が続く。

よく案内の写真にのっている大きく岩の突き出た地点を過ぎると（第一切通という名前がつけられていることを、後で知った）、前回到達した簡易トイレの設置場所に着いた。

あれ、行き過ぎたか、と道を戻る。今回はまんだら堂やぐら群の公開日にあわせて日程を組んでいたのである。先ほど見落とした案内掲示があり、そこを右にすこし登ると、山の一面に横穴が掘られたり、石塔が建てられた広い場所が目の前に現れる。主に武士や僧の納骨に使われたようであるけれど、まるでお墓の大規模マンションである。

この近くには、現在でも火葬場があり、この一帯も、境界の場所として、墓地、刑場などの複合した性格を帯びていたようだ。

やぐら群を一巡のあと、先に来た団地のほうに抜け、道をショートカットして、バス通りのほうへ降りていく。

まだ、雨は止まらない。でもここまで来たなら、もうひとつ確認したいところがあった。

元湘南氏に、唐突に、ついでに大磯まで車で行ってくれないか、と頼む。

人格者の氏は何も言わずに、湘南海岸を上る（京都方面へ進むので、これでいいのだろうと思う）。だが、当方としてはどうせ隣町ぐらいだろうという軽い気持ちで言ったのだが、大磯まで行くのと、成城から下北沢まで行くのとは、大きく異なっていたようだ。どうもすいませんでした。

雨は、さらに強まっていく。車は海岸通りから右折し市街地へ進む。当方の浅い知識では、大磯というのはロングビーチと吉田茂さんのおうちぐらいのイメージしかない。

鴫立庵《しぎたつ》に到着する。入り口にかかる石橋の下の水流が泡立つぐらいに増えている。

鴫立庵は、日本の三大俳諧道場と称されているらしいが、当方にとっては何よりも西行の、

心なき身にもあわれは知られけり
　鴫立つ沢の秋の夕暮れ

という歌がこの地で作られた（と、される）その確認が目的であった。

庵の敷地内には、円位堂（円位＝西行）をはじめたくさんの建物と、歌碑、石碑などが置かれている。雨足が強いのを理由に傘をさして速やかに一巡のあと、受付の方

鴫立庵のパンフレット
（鴫立庵リーフレット／協力 Jem）

に「白州正子の家」は、どのあたりですか、と尋ねると、すぐに左前方を指して、「あのマンションのあるあたりです」と教えてくれた。

吉田茂氏の知恵袋として高名な白州次郎氏の夫人、正子氏は、この地で幼少期を過ごされたようである。

帰路、一号線沿いの和食の店で元湘南氏と遅い昼食をとる。店内に余計な飾り物が少なくそばの味もしっかりした店である。しかし通うのには遠すぎる。

さらに陽は昇り陽は沈み、まだ日蓮関係を見残している、という思いが残り、ある秋の青空の日に、横須賀線を経由して鎌倉駅で下車する。

タクシーに乗り安国論寺に向かうよう告げる。

日蓮は、千葉の鴨川に生まれ、十二歳で地元の天台宗清澄寺に預けられ、二十一歳で比叡山に学び、三井寺、高野山、四天王寺などにも留学し、三十二歳の時に再び清澄寺に戻り、立教開示を宣言、法華経に帰依し、南無妙法蓮華経を唱える。

性別、社会的立場を問わず、誰もが平等で仏になれると説く教えは、浄土宗など他宗を呪うような言動も多く、既存の宗教者などからも反発を招き、日蓮は清澄寺をおり、東京湾を渡って鎌倉へ逃げ、松葉ヶ谷に庵を結んだ。

当時の鎌倉は旱魃《かんばつ》、疫病が蔓延していたのに、さらに大地震にみまわれ、石井進氏によると、カニバリズムも多々発生していたという。

そんな中、日蓮が『立正安国論』を、北条時頼に上呈したのが文応元年（一二六〇年）である。

日蓮は、生涯四度の「法難」を受けたという。

① 松葉ヶ谷の法難（一二六〇年）

② 伊豆流罪（一二六一年）

③ 小松原の法難（一二六四年）

④ 龍口《たつくち》の法難、佐渡への流罪（一二七一年）

そして、文永十一年（一二七四年）、蒙古は襲来した。

安国論寺は、朝も早いためか当方以外に訪れる人はおらず、寺内の清掃をされていた方に道を教えていただく。小高い丘に歩を進める。石段を上りつめた先に「南面窟」が見えてきた。松葉ヶ谷の法難の時に日蓮が逃げこんだとされる場所である。境内が、とてもきれいに維持されている。タクシーに戻り、妙本寺へ移動する。比企能員《よしかず》の館跡という。本堂も大きくとても広い境内である。ついで小町通りの日蓮の辻説法の跡のところで下車する。新しくきれいな建物が建てられていた。

日蓮が東京湾を渡り、三浦半島から、名越切り通しを越えこの地に至り布教活動をしていたという歴史を実感することができた。現在でもこの名越など比較的海寄りの地を中心に、十九の日蓮宗寺院があるそうである。

小町通りを鶴岡八幡宮の方向に歩いていたら、「北条高時腹切りやぐら」という標示があり、ついでに寄ってみようと右折する。小さな川に橋がかけられ、「滑川」と標示されていた。

あれえと思わず字面を読み返す。当方『太平記』初心者であるが、巻三十五のある

滑川にかかる橋

逸話を思い出した。

青砥左衛門という武士が夜勤に出る際に、財布に入れてあった銭十文を誤って滑川に落としてしまった。青砥は慌てて従者に松明《たいまつ》を五十文分買って来させ、川面を照らし十文の銭を見つけ出した。その話を聞いた人々は、ハナで笑ったが、青砥は、こう切り返した……あとは各自読んで下さい。アダム・スミス先生に是非ともお伝えしたい話である。

この通りには第二次大戦前の地元の有志たちが史実を伝えようとして作った石碑がいくつも残されており、今でも役に立っているようだ。

で、この通りの先にある東勝寺跡と北条高時の腹切りやぐらも確認する。今の当方には知識がなく、後日の宿題とする。

小町通りへ戻り、鶴岡八幡宮へ向かう。ちょうど七五三の時期で、着飾った家族連れがたくさん押しかけていた。平和な光景である。

今日、ひとつだけ気になったのは、西行が二度目の奥州行きの折に鎌倉を訪れ、頼朝と家臣団に流鏑馬の話をして、その翌年から流鏑馬がこの地でも広まったという逸話がある。その地はどこなのか知りたい。でも、そう遠くないうちに、「あ、このへんなのか」と自分で納得できる日が訪れそうに思う。

帰路、時間に余裕があったのでＪＲ鎌倉駅から、いったん逗子駅まで行き、そこから引き返してみた。

あれっ、沿線で小山があり木の生い茂っている場所というのは、名越切通しのところだけではないか。その周辺は平地である。また頭の中が混乱してきた。

青墓・大垣

当方が京の法住寺を訪れて、早や幾星霜。その間にも幾多の戦争が勃発し、さらに地球上に多数の民を死に至らしめた疫病が猛威をふるい屋内で身を守る日々は長びく。さらに無情にも民の個々の老化は着実に進行し、老年さらに老い易く、学成り易し。軽んじてなどいないのに、日々の糧に追われ十分な光陰すら、得られなかった。

今回の目的は、今様の里、青墓のありようをひと目確認したいこと。さらに老いてやっと知り得た当該地域に関わる位置関係も確認してみたいこと、であった。

だが笑われるのを覚悟で告白するが、当方どういう経路で大垣に行けばいいのか知らなかった。そりゃあ関ヶ原の戦いで石田三成の拠点の城のひとつがあったことは知っている。芭蕉の奥の細道の結びの地であることも、知っている。だが東海道五十三次にそんな宿場など、ない。あの地方は私鉄が発達しているから、私鉄沿線の駅で下車するのかもしれない。おそるおそるみどりの窓口で駅員さんに尋ねると、「名古屋まで新幹線を利用してそこから在来線に乗り換えればいいんですよ」と、無表情に答えてくれた。

図書館でロードマップを読んでいると駅から青墓の地まですこし距離がありそうに思えた。

このへんが当方の機転のきくところで、あらかじめ大垣の歴史民俗資料館に電話した。「そちらのほうを見るのに便利な巡回バスのようなものは、あるでしょうか」と尋ねると、「こちらの方面にお越しになるならタクシー利用しかないでしょう」と教えてくれた。

当日、名古屋駅で新幹線を下り、東海道線に乗り換え、平らではあるがとりたてて特徴のない車窓の風景を見ながら、大垣駅に着く。

駅前のタクシー乗り場では一台だけ客待ちしていた。運転手さんに目的地を告げる。タクシーは、これも郊外によくある住宅地と田畑の混在した道を走り、歴史民俗資料館につけてくれた。来た方向のすこし手前の広々とした空地が、美濃国分寺跡だったようである。

資料館に入り、窓口で「この前電話した東京の者ですが」と話しかけると、男女ひとりずつの職員が、「ほんとに来た」と、はた目にもわかる表情で会話をし、男性が出てこられた。他に客のいない館内は、出土資料などがきちんと整理して展示されていた。だが現時点で基礎知識に欠ける当方にとっては、ありがたいとも感じず、早々に退去しようとすると、男性はリーフレットを、「これはいかがですか」とさし出してくれた。当方が、すでに法住寺で入手して手元においておいたものと同一のものであった。えへん。待っているタクシーのほうへ歩いていくと、男性が、ほんとうにタクシーで来てくれた、感に堪えないという表情で見送ってくれた。

タクシーは、さほど遠くない、山懐《やまふところ》の集落に車を停めた。先に見えるやや傾斜のついた先が円興寺のようだと、運転手さんは教えてくれた。数件の農業を行っている民家の先に境内があり、入ると、すぐ向かって右にあのリーフレットの石碑が建てら

山の端の先に垂井、関ケ原

れていた。

この円興寺も以前からここにあるのではなく、移転してきたようであるし、石碑が置かれているから、この周辺が青墓というのではなく、地域の中で石碑のおさまりやすいところに置かれている、ということなのだろう。

参道を下って、右側に歩を進める。田んぼが何枚もあって作業の方々も見受けられる。その田んぼの切れる山の端に広々とした地が広がる。あの方角が関ケ原なのだろう。山の端のかかる右側に伊吹山系が展開するのだろう、とすると左前方に垂井はあるのだろうと見当をつけてみた。

平安時代の末期、保元の乱の翌年。後白河上皇は青墓の傀儡《くぐつ》、七十二歳の乙前と師弟の契りを結び、乙前のために御所内に居室まで用意した。後白河はそれまで宮廷で重用されていた伝統的古歌の催馬楽は笙、ひちりき、笛などを楽器としているが、それとは異なり、伴奏楽器は鼓だけを用いる「今様」の歌に没頭した。あるときなど三十三間堂で今様を歌いこみ、周囲の家臣が倒れても、自分の声がかれても、ひとり歌い続けたという。

今様の担い手として名が残るのは傀儡、遊女、白拍子などである。大江匡房の『遊女記』などによると、「遊女」はそれぞれが一夜の客をとるとは限らないものの、水上交通の要路に住み、小舟に乗って客のいる船に向かう狭義の遊女と、陸路に本拠をおき、漂泊流浪する集団である傀儡とは異なる。男は狩猟や大道芸などで収入を得、女は今様をはじめとする歌を歌う。

平安末期から鎌倉時代に出現したのが男装の女芸能者の「白拍子」である、『平家物語』に登場する、祇王、仏御前、静御前など、有名なスターの名をご存知の方は多いであろう。

ちなみに、某テレビ局の大河ドラマで、松田聖子氏が乙前を演じていたのをご記憶の方もおられよう。

また、「遊女」に救いの道を与えたのは法然である、ということを示す絵伝も残っている。横道にそれると、次から次に知りたいことが増えてくる。

以上の知識は今回も西郷信綱氏、植木朝子氏からいただいている。

歴史を学ぶ方々の間では、網野善彦氏らに代表される論、つまり芸能的漂泊民は定住民からは同等の扱いを受けず、律令性の埒外に生きる流浪の民として差別される立場にあった、という論が大きな影響力を持っていた。

だが、つい最近、柄谷行人氏の論を知った。不充分な理解であるが書き残したい。

柄谷氏は、芸能的遊動民は定住的農民に差別される立場でありながら、他方で定住的農民を支配する国家（王権）と直轄、間接的に結びついている、と述べておられる。
後白河と乙前などまさにその例ではないか。当方にとっては相変わらず初学者の理解であるが、もっと調べてみたくなってきた。

古井由吉氏と、谷崎潤一郎に関するこの地への興味を述べたい。
古井氏は昭和二十年（一九四五年）五月（当時八歳）、山の手大空襲により罹災、父親の実家大垣市郭町に疎開。祖父の本籍地は垂井町、明治末年岐阜県選出の代議士であった。
七月に大垣も罹災、母の郷里美濃市に移りそこで終戦を迎えた。

谷崎松子氏『蘆辺の夢』より。

（『細雪』に描写されている）蛍狩は、
西からよって大垣の一つ手前の垂井という駅で下車、車で十分位の表佐とよばれる村が舞台である。
（『細雪』の原文に続くが省略）
引用の原文通り、瞼を閉じても今なおありありとその夜の光景が浮かんで来る。果てしもなく長いひとすじの小川であった。蛍があまり沢山でつい釣られて離れ離れになるので始終呼び合っていないと闇に取り残される怖れがあった。今も姉妹の呼び合う声に交じって夫の声まで聞こえてくる。

再び待たせていたタクシーに乗り込み、運転手さんに　このあたりに蛍の名所があったってご存知ですかと尋ねる。運転手さんは無線で同僚に何人か聞いてくれたが、誰も知らないとのこと。

タクシーはおそらく旧中山道を走っていたのであろう。途中に「青墓小学校」という字が見えた。

後日確認したのだが、旧中山道の宿場は、赤坂宿―垂井宿―関ケ原宿と続く。赤坂宿と垂井宿の間あたりに青墓集落があり、小川のそばに、鎌倉時代の浄瑠璃「小栗判官」にこの土地の名前が出てくるという（詳しく調べては、おりません、悪しからず）。

でも、このあたりなら　ふたつの宿場で国分寺からもさほど離れておらず、当方の趣味の「辺縁研究」からいっても、「悪所」があったとしてもおかしくないと妄想するに至った。


もっといろいろ回りたかったが、タクシーというのは、時間、距離の経過とともにメーターの料金が増していくのである。今回はここまで。

車は水門川、住吉灯台のところで止めてもらい、下車する。

松尾芭蕉は、春に淀川を立ち、秋にこの地に着いた。

ただ、正直言うと、芭蕉にまでは当方には手が回らない。

水路、お城など整備されていて気持ちよい、市街地、城跡などを通りながら帰路についた。

そうだ、疑問があった。「大垣書店」は大垣にはないのだろうか。

「猫に学ぶ」に学ぶ

当方これまでペットを飼ったことがない。大学づとめの頃は、いつ帰宅するのか自分でも見当がつかず、あの頃ペットを飼っていたら動物虐待で摘発されていただろう。現在に至っても、お店で客待ちの日銭商売（本質的には、そうである）であり、週休三日など、どこの国のおとぎ話なのかと耳を疑う。いや、これは世界人民のやる気をなくさせるフェイクニュース、陰謀などだと当方は信じている。

そうした環境下にある当方が突如、諸事情により、というより一方的な圧力により、ベンガル種の猫を飼うように仕向けられた。しかもあろうことか、その猫だけでなく一歳児までついてきた。

生活は激変した。それまでは帰宅してもあれこれ不満を持ちながら生活していたのだが渦中で思い返すと、食べたいときに食べられ、寝たいときに寝につくことのできる、なんと落ち着いた環境にあったのかと、しみじみ実感した。

猫は、はじめは逃げはしないまでも当方とある程度の距離をおいていた。食事と水は容器に入れて用意しておけば、自分の好きなときにとり、排泄も専用トイレに入りバタバタと音をたてながらすまし、日常生活の自立度の面では問題なかった（こういう業界用語が抜けないのも、哀れである）。

歓迎の意を表して、わざわざどうぞお休み下さいと猫用のマットや食べものの容器をトイレのそばに用意したのだが、好意を受けようとする気配はなかった。

徐々に室内の探訪を開始し、全く当方が予想もしない隙間などで、寝入るようになってきた。岩合光昭氏によると、猫はヒゲの通れる幅があればどこでも通り抜けられるものらしい。

当初は、それなりに警戒していたようで、背を丸めてネコ寝（という言葉があるかどうか不明）をしていたのだが、だんだん無防備になり、酒を大量に飲んだおとっつあんが寝ているような腹を出した寝姿になっていった。もともと野生で過ごした経験はないためなのかもしれないが、生物としての防御本能は残っているのか？　仮に外の寒空に放り捨てたら生きていけるのかと、こちらが心配になるほどであった（それがテキの戦略なのかもしれないが）。

夜、当方が寝ていて、何か重いなと感じ目をあけると、高級な羽根布団の上で猫が寝ていたり、当方のすぐ目前で、猫目（これが本当のキャッツアイ）で、こちらを観察したりしている。

食事のときには、何のことわりもなく、テーブルの、当方の食事の皿やグラスの並んだその前に横たわり、グラスを持って傾けると、近寄り、その中を観察する。だが手（足か？）を出してくることはない。冷静沈着に当方の一挙手一投足を観察している。何か情報機関の指示を受けた猫に観察されているかのような気分になってくる。

猫は徹底して専守防衛である。一歳児があれこれ挑発しても応じない。あまりにうるさいと、軽くなだめるように爪をたてることは、あるとしても。

ただ困るのは、当家の高級なソファの背に上がり、爪をたてて引き裂くのである。

線維がほつれて毛羽立って、相当な被害を当方に与えた。

恐ろしいことも発生した。一歳児があまりに挑発するので、猫は高級なブラインドと窓の間にできた隙間を潜り抜けて、避難しようとした。ブラインドは多少揺れるぐらいで大きな支障はなかった。ところが、まだ千鳥足の一歳児が猫を追ってブラインドに突入してきた。

家人が、この世の終わりかと思うような、キャーッ　という声を発した。

ブラインドは壊滅的被害を受けた。

数か月後、一歳児が去り、すこし間をおいて猫も去っていった。

当家に平和な環境が戻ってきた。

たまたま手元に積ん読の状態におかれたジョン・グレイ著、鈴木晶訳の『猫に学ぶ』という書があった。この機会に読んでみた。途中でやめられなくなった。猫に託してここまで人間の生と死とを深く掘り下げることができるのか。

各位におかれても迷わず購入の上、お読みになることをお勧めする。とても要約など当方にはできない。

せめて、映画の予告篇程度に内容を紹介する。

われわれはみな、最も高度な道徳とは利他主義、すなわち自分を無にして他者のために生きることだという信念を受け継いでいる。この伝統においては、共感こそが良き人生の核心である。一方、猫の場合は、子猫に関しては別だが、ほとんど他者の感情を共有しているようには見えない。たしかに彼らとて人間の友が悩んでいるときには、問題解決するまでそばにいてくれるし、病気で死の床についている者には救援の手をさしのべるかもしれないが、そういう場合でも自分を犠牲にするということはない。ただそこにいるだけで、人間の悲しみを癒してくれるのだ。

高度に発達した共感能力は、捕食者である猫には邪魔にしかならない。だから猫には共感能力が欠けているのだ。

あるいは、『陰翳礼讃』(一九三三年)という長いエッセーにおいて、谷崎潤一郎はこう書いている。

美は物体にあるのではなく、物体と物体との作り出す陰翳のあや、明暗にあると考へる。夜光の珠も暗中に置けば光彩を放つが、白日の下に曝せば宝石の魅力を失う如く、陰翳の作用を離れて美はないと思ふ。

谷崎が光よりも陰を好むということではない。闇は光の美の一部である。

(中略)

この美学の特徴は完璧に対する嫌悪である。西洋の美学はどうしても美しい物を、非物質的なイデアの不完全な具現化と考えてしまう。プラトンの神秘的なヴィジョンの影響で、西洋の哲学者たちは美を別世界の輝きと見なしてしまう。それとは対照的に、谷崎は「手垢の光り」について語る。真の美は自然化や日常生活のなかにあるのだ。

あるいは、

サディズムは死の恐怖を自然に吸収する。[……]積極的に操作し、憎むことで、人間はその生命体を外界に置いておくことができ、それによって、自己反省と死の恐怖を不活性状態に保つことができる。他者の運命を自分の手中にすれば、自分が生と死の主人なのだという感覚が得られる。銃を撃ち続ければ、殺されることよりも殺すことのほうをより考えていられる。ある映画に出てくる賢いギャングが言うように、「殺し屋は、殺すのをやめたら殺されるんだ」

ベッカーが指摘するように、近現代の多くのイデオロギーは不死信仰だった。ロシアのボリシェヴィズムには、革命の究極のゴールは死の克服だという強い底流があり、レーニンが防腐保存処理されたとき、関係者の一部は、将来、科学が発達して蘇生術が開発されたあかつきには、レーニンを生き返らせることができると信じていた。

当方がはじめに申し上げたように、きちんと購入して一気に読みあげたほうが良い。さして厚い本ではない。

この『猫に学ぶ』の裏表紙に養老孟司先生の推薦文が載っている。ひねくれ者の当方は半畳を入れたくなる。

「しばしば数億円単位の実験室を持っている自然科学者から見ると、哲学者は自分の脳ミソしか持たない、典型的なプロレタリアである。その貧乏人に猫という小さな道具を与えてやったら、立派な哲学書と人生論が生まれた。人生の重荷を感じている人には、本書を読むことが救いにはならなくても、最低〈気晴らし〉にはなると思う。猫好きにとっては面白い上に感動的でもあり、つい読み切ってしまう。」

全くの余談になる。古い表現になるかもしれないが、象牙の塔の頂点に立ち、学会の頂点を極めた先生でも、この程度の数字（金額）を例に出すのかと、妙な思いを抱いた。もちろん先生はひとつの研究室単位での数字として例にあげたのであろうけれど。だって永田町、霞が関で、この程度の数字を示してもハナで笑われるであろう。それほどガクモンの分野には予算が回らない、ということか。

バスにのると

世界中が、「歴史の記録上一番暑い七月」と称された月のある週末、久しぶりに何の予定もない午前を過ごしていた。週末の面会は体調を維持するためお断りすると、ある家族に告げてあった。

ところがどういうわけか、おむつの幼児（以下、おむつ）が、閉めてあったはずの玄関のドアをすり抜けて侵入してきた。外部から誘導した人物がいたようである。そこはそれ、原則を曲げて、食べもの、飲みもの、廊下走り、絵本解説等々一連の接遇を処した。

ふだんだったら託児所で　おひるねの時間に入る頃合いなのに、おむつの活動量が低下する兆しは全くみられない。

本来であれば、扶養者が朝から公園などに連れ出すのが恒例なのであろうが、この、気温が体温を上回る状況に、本日はその恒例を休止したことに遠因がありそうである。

次第におむつは、不穏な言動を発し始めた。「バス、なおちゃん」と、聞こえる。その場には複数のおとながいたのだが、誰もその言動を制御することはなかった。

結局、おむつは、専用の小さなリュックに救急車と、バスのおもちゃ、熊のぬいぐるみ、それに替えのおむつを詰め（正確に言うと詰めてもらい）、光と影の対比がくっきりとしたスペインの空のような（正確に言うと当方スペインに足を踏み入れたことはない）観測史上最も暑い月の屋外へ当方と手をつないで、出た。

ことわるまでもなく、当方は、谷崎潤一郎氏が礼讃する陰影のほうを好む人種である。

近くの停留所でバスを待っていると、運の良いことに数分でバスが着いた。乗車してみると、運の良いことに、すぐ左、運転手の隣の見学席（正確な呼称は不明）が空いていて、おむつは何も言わず率先してその席に駆けのぼり、当方がすわって膝の上におむつをだっこする。運転手の目視での承認を得られ、バスは停留所を離れた。おむつは前方に展開する景色を眺め、運転手のハンドルさばきを観察しながらも、いつの間にかうとうとし始めた。平穏な時間は二十分もあったろうか　バスは終点に到着した。

焦点が定まらない目でも、バスを一段ずつ自力で降り、おむつにとっては未踏の地に足跡をしるす。

まだ体温より高い気温の中、情け容赦なく限りなく照りつける路上を、「あっちへ行くと電車に乗れるから歩こう」と励ますと、千鳥足期をほぼ脱出してきた力強い足どりで歩き始めた。

なんとか、高架下の駅前の小さいベンチのある広場に辿りついた。

すぐそばのコンビニで冷たい水を求め、キャップも開けたがっていたが、難航しているのでさすがに当方が手伝いキャップを開けると、自分でペットボトルを抱え、ぐびぐびと飲み始めた。

十分に飲みおえると、右手で、ぷはーのポーズをとり、当方にペットボトルを預け、空いているベンチにすわり、駅鳩というのか、あまりお風呂に入っていなさそうな鳩を眺めていた。

ひと休みして、そばの電車の駅の改札を抜け、ホーム方面のエレベータへ、当方の手をつかみ積極的に進む。エレベータの⇧や⇩、◁▷や▷◁のボタンを当方が押したりするとテキメンに不快感を示すのだ。今日は幸いに同乗者がいなかったものの、何人かと一緒になるときなど、小心者として名高い当方は脈が速くなり、冷や汗がどどっと出てくる。


やって来た電車に乗り込み、ふたつ目の駅で下車する。車内ではドアのところに立ち車窓を眺め、大きな心配事はなかった。

こんどはエスカレータでホームから改札口に出て、またいつも利用している始発のバス停へ行く。平日朝夕バスで連れていっている同行者の報告によると、夕方、帰りの始発のバスの行列に並び、バスに乗り込もうとすると、途中から列を離れ、そのバスが離れていくのを眺めたあと、また次の始発のバスの列に並ぶという行動が常態化しているそうである。

今日は、並ぶ順が早かったので、また一番前の席に上がりこみ、当方の膝の上にすわりこみ、何事もなく、家の前のバス停で下車できた。

つまり、バス→電車→バスで家の前に戻ってきたのである。陽も傾き始めた。

当方、バスを下車してから、「さあ、たくさん乗ったからおうちに戻って牛乳とか飲もう」と、話しかけた。

ところが、おむつは「またバスー」と発して泣き出した。

この停留所からまた同じ路線のバスに乗りたいと言っていると、当方は解釈した。

「でも、みんな待ってるし、おのどかわいたでしょ」と語りかけると、

「バスー」と叫んで本格的に泣き出す。さらにあらんことか路上にしゃがみこんだ。

まるでアスファルトに根が生えたようで、手を引っぱって起こそうとしても、それを払いのける。当方、しゃがみこみ、おむつを抱えあげて起こそうとする。

そのとき、おむつは意外な行動、つまり当方のほうに足はしゃがみこんだまま、抱きついて前方に体重を預けてきた。

当方も思わずしゃがみこんだまま倒れ、その上におむつ本体とリュック（当方推定三キロ）が倒れて当方の上に乗る体勢となる。

不意な変化で当方とっさには起き上がれなくなり、おむつはさらに泣き声を大きくする。

バスが停留しているとき以外、それほど人出の多いところではないが、誰か見ていないかと、思わず周囲に目を配る。誰もいない、と安心していたら、当方の視野が一番入りにくいところに、白髪の明らかに当方より高齢と思われる女性が、助けようとする動作を出すのでもなく、無表情にこちらを見ているのに気づく。

表情がよみとれない顔貌で、MCI※かと思ったが、それより進行した症状の人なのかもしれない。こちらを見ているが、全く動かない。

おむつの一件とは何の関係もないが、よく芝居で狂言回しのような人物が出てくることがある。それを思い浮かべてしまった。

結局、おむつは強制帰宅させられた。

すこし過ぎてから、忘れものが落ちていないかなと、当方が停留所付近に確かめに行ったとき、もちろんその人物の姿は、なかった。

付記
小文は児童文学におけるハードボイルド表現の先駆けとして評価される日が訪れるかもしれない
※軽度認知障害

弘川寺、葛城

世界中に蔓延していた疫病が縮小傾向を示してきた。ある国民的大移動日の初日、東京駅。二十三区内とはいえ、鄙《ひな》のほうで日常生活を送る当方、びっくりした。新幹線の乗り換え改札口は、右から左まで人で埋まり、文字通り立錐の余地もない。列は遅々として進まない。昨今問題になっているハロウィンとやらの大混雑もかくやと思われるばかりの状況である。焦った。ホームに入れないままに予約の新幹線は出発してしまうのではないかと。

なんとか改札をすり抜け、ほんとに駆け足でホームに辿りつき、滑り込みでなんとか乗車できた。

名古屋を過ぎ、今まで気にも留めていなかった車窓から眺める、「佐和山城跡」や「垂井警察」といった文字が、学習を積んだ当方にはある意味を持って目に入ってくる。

新大阪駅で新幹線を下車すると、大阪阿部野橋駅から、近鉄線の準急に乗り、富田林駅で下車する。

タクシーで弘川寺への案内を請う。市街から新緑の映える高い山並みのほうへ進む。あの一番高いところが葛城山なのだろうな、とのんびり風景を楽しんでいたら、途中から細い道になり、延々と続く車の渋滞に巻き込まれる。切り返して方向を変更するほどの道の余裕もない。

聞けば、右前方にワールド牧場というのがあり、渋滞はそこへ向かう車列だという。小一時間ほど経てやっと渋滞を抜けて、その先の木々の緑濃い集落に至る。前に見える山間の奥が弘川寺だと教えてもらう。

あらためて紹介するまでもないであろうが、西行は俗名、佐藤義清《のりきよ》。平泉の藤原三代とも同族であったらしい。佐藤氏は紀伊國田《た》仲荘《なかのしょう》の荘園を領主のかわりに管理する家系であった。

西行は鳥羽院の御所の北面の武士をつとめ（以前にも述べたことがあるが平清盛の同僚であったが、家格としては一段低い扱いであった）、二十三歳のとき、突然出家した。

西行の生涯は複雑多岐にわたっているが、こまかくすると入門者としては、頭が混乱するばかりなので、荒く、えいやっと当方の責任で時期を分けてしまう。

・田仲荘の佐藤義清が、北面の武士から出家する前後まで。
・三十代のはじめに一回目の奥州への旅。
・そのあと真言宗の僧として高野山と、その周辺で暮らした時期。
・鳥羽院が亡くなり、間もなく崇徳院と後白河天皇の兄弟の間の争い（保元の乱）のおこった時期。
・崇徳院の後を追って讃岐に旅したこと。
・源平の争乱（治承・寿永の内乱）
・争乱で焼失した東大寺再建の寄進を請いに二度目の奥州への旅に出たこと。

・そして晩年、伊勢神宮の外宮と内宮に、自ら詠んだ歌合わせを奉納したこと。

この奉納の前後で、協力したのが若い三十代の慈円（『愚管抄』を著す）で、西行は慈円を比叡山の無動寺に訪ね、最後の歌を詠み、「結」とした。

にほてるや凪《な》ぎたる朝に見渡せば
漕《こ》ぎ行く跡の浪だにもなし

と、無動寺からのぞむ琵琶湖の眺望を詠んだ。当方、この歌についても一度述べたことがある。そしてそれから短い時を経て弘川寺に入り（これも、諸説あり、以前は京都東山の双林寺で亡くなったとされていたようである）釈迦《しゃか》入滅（二月十五日）の翌日の満月の日にその七十三年の生涯を閉じた。

『山家集』に、あまりにも有名な、

西行　古墳

願はくは花の下にて春死なむ
そのきさらぎの望月のころ

が残されている。

弘川寺の山門を潜り、境内に入ると、正面に本堂が見える。境内を左側へ向かい、本坊と西行記念館を拝見する。客は当方と他に夫婦（であろう）の二組のみ。

再び本堂の前に戻り、右前方の石段を上る。西行堂がある、この堂は、歌僧似《じ》雲《うん》が亭保年間に、不明となっていた西行墳を発見し、建立した。

さらに石段を上りつめた平地に、西行法師古墳があった。

周囲には西行を顕彰する歌碑や似雲の墳などもあった。
この墳をもうでた良寛の歌も残されている。

たをりこし花の色香はうすくとも
あはれみたまひ心ばかりは

さらに、この場より後背の山に向かって遊歩道が延びていて、その上には千五百本以上の桜の木が植えられ、花の時期には西行の時代を思いおこすかのように、祭りが開かれているとのこと。
以下に寺の案内を参考にして弘川寺の由来歴史の一部をまとめると、
天智天皇四年（六六五）開誕。
天平九年（七三七）　行基が修業。

弘仁三年（八一二）　嵯峨天皇の命を受け空海によって中興され、密教の霊場と定められる。
文治五年（一一八九）　西行が移り住む。
文治六年（一一九〇）　二月十六日　西行入寂する。
後年南北朝の戦いの戦場にもなる。

この寺の本坊に、登野城弘《とのしろひろし》　写真集『弘川寺の四季』がおいてあるのを見つけ、求めた。

一生手放せない本がまた一冊増えた。

西行没後から現在まで、西行を論じた書は数多くある。身の程知らずの当方にできたのは、せめてもの実地探訪とでもいうか、とにかくその場を確認したいという思いである。とてもではないが「総括」などできるものではない、伝説の人が実在したという再確認である。

比較的入手しやすい『西行論』の中で、吉本隆明氏は、『山家集』と『撰集抄』のみをテキストに「僧形論」「武門論」「歌人論」と分けて西行を分析されている。とてもではないが当方の手の及ぶレベルではない。

また、西澤美仁《よしひと》氏は、

西行和歌は、「心」と「身」と「我」とを用いて、心の揺れていることを表現し続けてきた。ひとつでありたいと思い続けて、出家をし、旅に出、そして歌を詠んだ。その最後の工程で、最晩年の作ではないことが『山家集』にあることで判明している「花のした」を再浮上させることによって、「花」を挟んで仏と向かい合う死、を幻想する、そんな仕掛けを拵《こしら》えたのであった。

と述べている。

陽が高くなってきて、残りの時間も心配になってきたので運転手さんに富田林まで戻ってもらうように声をかけた。ところが運転手さんは先の渋滞も気にしていたようで「戻ってもいいですが、それより千早城を見てそのあと河内長野に出ても、そんなに変わりはないけれどどうですか」と提案してくれた。

当方がロードマップで予習していたとき「赤坂城」があり、「千早赤阪村」があることには気づいていたが、周囲にはゴルフ場などがあって時間ばかり喰うのではないかと今回はあきらめていただけに、とても力づけられた。

だが、楠木正成、千早坂、そして南朝などは、正直具体的な知識は乏しい。でも絶好のチャンスである。運転手さんに「そっち回って下さい」と頼んだ。

千早・金剛

『太平記』を知らない方はおられないだろうが、実際にその内容に触れた方は多くないと思う。

当方とて、いつまでも「修学旅行」でもあるまいと、サブタイトルをとり下げたのだけれど、未だもってやはり基礎知識に欠けたままの自身に思いあたり、やはりその不足を補うための最低限の整理は必要であろう。

『太平記』は、南北朝時代、武家から政権を奪い返そうとして後醍醐天皇が開いた南朝（大覚寺統）と武家が支えた北朝の光厳天皇（持明院統）が並び立ち、内戦に明け暮れた時代を描いた戦記物語である。

作者の名前は何人か挙げられているが、特定の人物が記したというより、あの時代の公家、武家、一般の市井の人々、それに「悪党」などが造り上げた、一大叙事詩である。

登場人物の数が多く、人物像をある程度理解するまでにも、とても時間を要する。

最近読んだばかりの関幸彦氏の書によると、執政権が天皇の父（上皇＝院）にある政治システム（院政）を是とする、京都の北朝（持明院統）光厳天皇側と、執政を天皇が直接する（親政）、吉野の南朝（大覚寺統）の後醍醐天皇との対立。

そして、それに関わる関東出自の武家政権の立場の、たとえば足利尊氏は「京都派」であるが、後醍醐に親和性があり、尊氏の弟の直義《ただよし》は「鎌倉派」で、建武の体制とは距離をおいていたという。一筋縄に捉えることはむずかしそう。


さらに、『太平記』は同時代の中国の「明」の影響も受けている。さらにあの時代に、能や講談などの成立にも大きな影響を与えている。

江戸時代には、水戸光圀の『大日本史』が、徳川の正当性を述べ、「秩序」を強く訴え、後世へも大きな影響を及ぼしている（当方が自分で読んではいないが）。関幸彦氏は光圀が伝えているのは、必ずしも尊王の意味ではなく、主君の忠義であるというとのこと。

楠木正成は、資料上その存在が確認できるのはほんの数年に限られている。後年、王政復古の論議にも楠木正成は脚光を浴びたが、その評価に関しては、これからも常に問い続けていくことが必要であろう。

話はそれるけれど、宮田登氏は、法然は、死を趨勢《すう》する背景としての「念仏」を、誰にも唱えられるように作り変え、戒律を破った人間でも往生できる、と説いたのであるけれど、この時代になると、「他力」による救いを基にしながらも、そこに禅宗の「自力本願」を重ねられてきたという。

例として、佐渡で処刑された日野資朝《すけとも》は、処刑という受け身の場面でも自ら死に向かっていく。あるいは、楠木正成も、弟を刺し違えて自害をはたしている。新田義貞も自ら腹をかき切っている。この時代は、死生観も「他力」と「自力」の重なり合う時代になっていたのではないかという。氏は「あわい」という言葉を使って説明されている。

タクシーは、富田林から弘川寺に着いたこれまでの道をさらに先の方向へと進み始める。一段と緑深い景色になっていく。だが、それほど長い時間も経ずに、タクシーは駐車場のある広場に停車する。

近くに「金剛山登山口バス停」と記された停留所がある。

金剛という言葉は当方にとって馴染みあるものではないが、むかしの日本帝国海軍の戦艦だか巡洋艦だかに、そういう名前があったような記憶がある。このあたりは、南海電鉄のおすすめの観光コースらしい。

運転手さんは、道路を渡った先のこんもりと木の繁った石段を指して、「そこの石段から登り、登り切ると千早城です。ゆっくりと見て来て下さい」と案内してくれる。

当方、全く心の準備ができておらず、おそる、おそる石段に近寄る。

ところがこの石段、傾斜が四十五度ぐらいありそう。しかも段も凹凸があって、きれいにそろえてあるわけではない。雨や雪の日だったら滑り落ちそう。

おそるおそる段を登り切った先に狭い平地と鳥居があり、その先の山道を進んでいくと千早城の本丸跡に辿りつくらしい。

その場に登ってきた女性がひとり、同じように先を眺めている。明らかに躊躇していた。

当方、話しかけた。「先に行ってても戻ってこられなくなってしまうかもしれませんよね」

その女性、当方の言葉を待っていたかのように、うなずいて、急な石段を降り始めた。こんなところで滑って下まで転倒したら、大阪府の消防に迷惑がかかる。そんなことになったら東京で消防の仕事に協力している立場としては、恥じ入ることである。大体、保険証を持参して来なかった。

当方、再びへっぴり腰で石段を下り、タクシーに戻ったら、運転手氏は、「早かったですね」と一言。冷ややかな視線を感じたのは、当方の思いすごしであろうか。

次の機会には、フル装備で金剛山系を征服することを心に誓う。

『太平記』に関していうと、北条高時の命で元弘三年（一三三三年）、幕府連合軍、八十万余騎以上で千早城を攻撃、それに対し楠木正成は千人足らずの勢力で打ち勝ったとされる。

妙な例えだけれど、現在世田谷区の人口は九十数万人、そのうち乳幼児や自力で移動できない高度介護者の人数をさしひいて仮に八十万人すべてをこの地にさしむけたとしても、この狭い地域にそれだけの人数が配置できるだろうか、馬だってダービーに出るような立派な馬ではないだろうけれど、騎兵と同じ数は必要であろうし、食糧、インフラを想像しても、そんなことが可能なのか、白髪三千丈の類ではないかと邪推してしまう。

たまたま「歴史研究」という雑誌に目を通したら、楠木一族の合戦と城郭という特集記事に目がとまった。長らく千早赤阪村教育委員会に在籍されていた、原田沙由未という人の一文がとても興味深かった。一読下さい。

タクシーは再び、深い谷の続く道を下りていく。やがて大きな山門の前で停車した。

「ここが観心寺です」と教えてくれる。

観心寺・奥に金堂をのぞむ

山内を入ったすぐ右側には、後村上天皇旧跡と標示があり、山門の左側には楠木正成の銅像が置かれていた。

後村上天皇は後醍醐の第七皇子であり、父とともに闘う南朝の象徴的な人物である。境内には正面に国宝である金堂が置かれ、本尊は、これも国宝の、空海の指示によって刻まれた如意輪観音菩薩が座している。パンフレットによると、正成は少年期この寺で学び、後醍醐に呼応して鎌倉幕府を倒し、建武の新政（一三三三年）のあと、命を受けて金堂を造営したとのこと。

左奥に進むと、後村上天皇稜、楠木正

楠木正成御首塚

成首塚などが配置されている。さらにその右方に「新待賢門院墓」が残されている。なんでこんなところに、待賢門院がと、当方驚いたのだが、あとで気がついた。「新待賢門院」とは、京都、花園の待賢門院のことではなく、『太平記』にもその名を残す阿野廉子《あのれんし》のことで、つまり後醍醐の妻、後村上の母だった人物のことである。当方の知識が深まった。

気ぜわしく境内を一巡してから、タクシーで河内長野駅まで送ってもらう。

南海高野線に乗車する。すこしたつと山並みが途絶え、進行方向左側に紀ノ川が見えてくる。そのまま極楽橋へ至る。下車し、ケーブルカーに乗り換え、高野山駅へと至る。途中の車窓は次第に深山の山容に変化してきた。

今日は、ここまで。高野山に足は踏み入れない。あらためて次の機会を作れることを今は願う。

再びケーブルカーで山を降りる。九度山駅を直進する。往路のときは気が回らず気づかなかった。ここで下車しても、あれこれ興味ある史跡を楽しめそうである。そして橋本駅で下車する。

駅前の道幅の細い商店街を抜けると、片側二車線の立派な道路、多分高野山道なのだろう。車は行き交うが、歩道に人の姿は少なく開いている店も少ない。市の中心部、役所やホテルなどの並ぶあたりまでで、当方の足でも二十分以上要した。なんとかホテルにチェックインできた。周囲が暗くなってきた。

飲食店がほとんど見当たらないが、郵便局の近くに中華料理店を発見した。中に入る。夕食時だが当方の他に客はいない。

椅子に腰をおろす。古びたデコレのテーブル越しに、前上方三十度の仰角の先に大型テレビが固定され、スポーツ番組が放映されていた。

店の人間は大将と女将、間違いなく昭和生まれの人間である。

当方が食事をすませ、店を出て、周囲を散策して店の前を再び通ると、灯は消えていた。


部屋に戻りベッドに横になりながら、無性にメイクドラマをしたくなってきた。

恋女房とふたり、昭和、平成、令和と手を携えて店を守ってきた。娘は恋しい人を追って東京へ。便りも途絶えがちである。

今晩も、最後の客を出したあと疲れを癒やそうとしているのだろう。

「紀ノ川慕情」というタイトルが思い浮かんだ。唄は、八代亜紀だろうな、やっぱ。

微睡《まどろ》みながら考えた。

あとは朧《おぼろ》。

橋本の夜は更けてゆく。

紀ノ川

西行の生涯を追っていくと、どうしても、地質上の中央構造線の知識が必要になってくる。紀ノ川は中央構造線に沿って流れている。

先に当方が利根川を訪れた際にお世話になった、『流域をたどる歴史』（株・ぎょうせい）の紀ノ川の説明の項をそのまま引用させていただく。

和歌山県北部の和泉山脈南麓の中央構造線に沿って、西方に直流しながら紀伊水道に注ぐ紀ノ川は、全長一三六キロメートル、流域面積一、六六〇平方メートルの河川である。奈良県の大台ヶ原山に水源を発する吉野川を上流とし、和歌山県内約五五キロメートルを紀ノ川と呼ぶ。

下流域は低湿な氾濫原で、古来いくたびか大洪水に見舞われてきたが、近世以降、紀州流の築堤工法が発達し、連続堤がつくられるようになって河道が固定化され、土地開発はめざましい進展を見せた。その背景には『地方聞書』などの農業技術書で知られる大畑才蔵の藤崎井・小田井などの井堰の築造を忘れることができない。また、みかんの生産地として名高い。

下流域平野はまた、古代文化の核心地域でもある。巨大な岩橋千塚はわが国でもっとも著名な大古墳群の一つとして、特別史跡に指定されている。

また、流域には、桜で名高い吉野山、空海（弘法大師）開基になる高野山がある。

カーテンを閉めないまま寝入ったホテルの窓から、当方の顔に直接朝日が射し込んでくる。チェックアウトを終え、また、朝日に向かっていくようなかたちで、ＪＲ線の橋本駅へ歩を進める。

列車は、おおむね一時間に一本の割合で進行している。和歌山方面に進んで右手には葛城和泉山脈が続き、紀ノ川をはさんで両岸に平地が広がる。橋本の次の駅を過ぎると十数階建てのマンションが建ち、都市部とあまり変わらない光景を示しているが、次の高野口は駅のすぐそばに三階建ての木造の旅館が建っていて、窓のガラスはよく磨かれ、大事に使われているという印象を受けた。高野山参拝の基地として利用されているのだろうか。

笠田《かせだ》にて下車する。無人駅である。一台だけ客待ちしていたタクシーに、西行堂と丹生都比売神社《にうつひめじんじゃ》へ連れていってくれと頼む。

「せいこうどうですか?」と聞き返された。西行は、地元でも関心を持つ人は多くはないようである。コミュニティバスも運行しているようであるが、一日三往復のみらしい。

タクシーは、高野山麓のかなり高低差の激しいつづら折りの道を、あっという間に上っていく。急坂を上り切って平地になってから間もなく、運転手さんは細い道の路肩に停車した。その右上の高いところにあるのが西行堂です、と案内してくれる。

このあたりが天野集落らしい。そばの民家の傾斜を削りとったような細道伝いに左側によると、小さなお堂がある。それほど古い建物には見えない。見逃しそうになったが、ほんの数メートル離れたところに、石が積まれていて、花が手向けられていた。

西行の妻と娘の墓とされているものである。

この由来は、鴨長明の『発心集』に記されている。

西行は出家の際に幼い娘を縁側から縁切りのために足蹴にしたとされる。娘は西行の弟に託され、その後娘は「冷泉殿」に養女に出され、しあわせに暮らしていたのだが、冷泉殿の妹が嫁入りの際、その侍女にされてしまった。話を伝え聞いた西行はあわれんで、娘を連れ出し、この天野の地で尼となっていた旧妻の元へ送り届けたとされる。

西行には男子もおり、僧籍に入ったという話もあるようである。

話が横道に逸れて恐縮だが、吉本隆明氏も『西行論』を発刊したのちに、この地ではないが吉野の「西行庵」を訪れている。氏も「中央構造線」に注目していて、この中央構造線が延びて、四国の瀬戸内海側よりを横断して、その地層の裂け目は大分を貫き、阿蘇山頂をわり、熊本側まで走っていると記されている。

タクシーに戻り先に進むと、間もなく、丹生都比売神社に着く。

丹生都比売神社
外鳥居、奥に輪橋が見える

こんな山中に立派な神社が存在することに驚く。創建されたのは応神天皇の時代である（と言われてもピンと来ない）とのこと。平成十六年（二〇〇四年）に世界遺産にも登録されているが、なんと今年は弘法大師生誕千二百五十年にあたるとのこと。真言宗の修行の道場を求めていた弘法大師を丹生都比売大神が高野山へ導いたという由来で、この院内も神道と仏教の融合した景観があるとされる。輪橋や楼門、本殿など興味深い建物が残されている。

この地は、佐藤家の本拠、田仲荘にも近く紀ノ川を利用した水運も発達していたようである。
西行がこの神社を詠んだ歌もある。

袖下す真国が奥の川上に
たつき打つべし苔小波寄る

解釈は各自お願いいたします。

笠田駅に戻り、和歌山線に乗り込み粉河《こかわ》駅で下車する。駅前からきれいに整備された粉河寺への長い参道が続くが、休日モードなのか開いている店は多くない。
境内に入る。参道が小川沿いに続いている。左手に「童男堂」という標示がある。下調べしないままで行ったのだが、この寺は中世の人々の生活がいきいきと描かれている有名な「粉河寺縁起」の地であり、その庵の中に千手観音が立っていたのだという。先の石段を上がると立派な本堂が見えてくる。そしてこの寺は少年期の西行が学

粉河寺・童男堂

びに通える距離でもある。

再び粉河駅に戻り、和歌山線に乗り込む。平地がさらに開けてくる。打田駅で下車する。

駅にはタクシーはおらず、改札を出てすぐ隣にタクシーの営業所があり、そこに記された番号に電話する。この駅は紀の川市役所の最寄りの駅なのだけれど、ここも休日体制らしい。医療機関だって当番であけているのに。ぶつぶつ。

電話はつながったが、「今洗車を始めてしまったので三十分ほど待って下さい」との返事。

善き哉、善き哉。休日に訪れた当方に

非があるのだ。せっかちは、よくない。

実際には二十数分で身を整えた運転手氏のタクシーが駅前に到着する。はじめに紀伊国分寺跡に移動。広い平地に、元禄年間に再建された本堂などがあった。同じ敷地内に歴史民俗資料館があり、表敬訪問し、記名したが、数分で出る。せっかちな性格は直るわけがない（心境は常に変化する）。

ついで紀ノ川方面に向かってもらう。運転手氏が、西行の銅像があったはずだと、銅像のところに立ち寄ってくれた。

正直感想を述べると、別の場所で見た、松尾芭蕉の像の二番煎じにしか見えない。こちらが、本家、元祖なのに、しっかりし給え、と、当局に苦言を呈したい。

タクシーは紀ノ川にかかる竹房橋のそばを左折し、狭い農道を進む。運転手氏も首をかしげながら、さらに細い道に入る。

農道を進んだ先の、多少小高いところに集落があり、家の標札を確認しながら移動する。「龍蔵院」を見つけ下車する。共通の民家と、さほど変わらない建物であった。

庭に「西行法師生誕の地」の石碑が置かれていた。庭の先まで進むと、紀ノ川がゆっくりと大きく蛇行している。遠くに青く澄んだ高野山系を臨めた。
佐藤家の父祖の地、田仲荘であろう。
辻邦生氏の『西行花伝』には、このように表現されている。

田仲荘は紀ノ川のなかほどの北岸に豊かに拡がる広い御領地でございます。有名な粉河寺はその東の境に近く、また根來寺は西の境にございました。紀ノ川を挟んで南側には高野山荒川荘がございます。この荒川荘とのあいだに、長い争いが起りまして、それもまた、考えてみますと、まだ私がおりました頃に、その種が播かれていたようにも思います。

お館は紀ノ川を望む小高い丘のうえに建てられておりました。館のまわりには堀をめぐらし、白壁の塀が掘割の土手に沿って、いかめしく建っておりました。夜盗どもがいつ襲うとも分らぬ世でございますゆえに、鎧の腹当を着けた侍が夜のあいだ大門の前を警固《かた》めていたほどでございました。

当方の積年の憧れの地を確認することができたようである。

先ほどの橋を渡った対岸は「荒川荘」であった。こちらは、鳥羽院の第二の妃、美福門院の領有であったらしい。

高野山への荘園の寄進など、様々な土地争いのその現場でもあったはずである。

京都の人間関係を、やっと覚え始めた当方に、もっと具体的な実像が垣間見えてきたようである。

西行については、その生存の時代から今日でも数多くの識者の論が残されており、当方はその一部に目を通せたにすぎないけれど、西行の大きさ、評価はとても語り尽くせるものではない、というのが正直な感想である。でも、育ち、活動した場所を確認できただけでも、今回はそれで充分である。

歴史のおとぎ話のような

再び打田駅へ戻ると、友人が車で迎えに来てくれていた。友人と称するのもおこがましい。最近褒章を受けたばかりで、地域医療ひとすじに奉仕された方である。令和の華岡青洲と呼んでも過言ではない（以下令青と呼ぶ）。学生時代に令青は、華岡青洲のことを話していたことがあったが、当方日々それどころではない重圧の中にいて、「ああそうなの」と聞き流してしまった記憶がある。

令青は、まず春林軒塾主屋に案内してくれた。青洲の診療所兼学校兼自宅であった建物が平成九年（一九九七年）に再建されたとのこと。現在は道の駅に隣りあっている。

青洲の業績に関しては、同業者で知らないものはモグリであるし、ある情報によると、有床診療所は日本固有の医療文化とされる。これに関しては、世界医療の歴史を知らないのでコメントは控える。業界外の方でも、有吉佐和子氏の小説を知らない人は……いないですよね？　ふたりで展示室に入ろうとして令青が先に入ると、モギリの人はすぐに挨拶してきたが、令青は、まあまあと言いながら当方の分まで入場券を求めてくれた。

主屋には手術室や、妻を被験者として全身麻酔を試みた奥居間などが再現されており、展示室には当時の手術器具なども並べられている。屋外には感染予防の排水溝や、汚水浄化槽などが残されており、とても合理的な配置に感心した。

後日気がついたのだけれど、青洲の子孫は北海道に居を移し、病院経営されているようで、驚いたことに、当方が属していた学会（今でもjournalは届いてはいる）で、その名を馳せた元北海道大学の松居喜郎先生が院長職についておることに気づいた。ジグソーパズルの一片が、うまくはまったような気分である。

さらに、この地には青洲ばかりでなく、福澤塾に入門し、英語の修練につとめ、英語の医学書を、日本ではじめて翻訳した松山棟庵《とうあん》という人物も輩出している。棟庵は、慶應義塾の校医のような存在で諭吉の家庭医としての役割も果たしていたという。へえー。

春林軒をあとにして、令青は名手市場の市街も案内してくれた。車一台が通れる程度の幅の大和街道が往時の雰囲気をまだ残して貫いている。

街道沿いに、旧名手本陣、庄屋の妹背家住宅跡が残っていて、なんとここにも、令青の息のかかった見張りの女性がいて、旧本陣内を案内してくれる。この家は参勤交代などのときに大名が宿泊したり、鷹狩りをしたりするときなどの休息所としても使われていたらしい。

と、いうことはですね、あの徳川吉宗、全身好奇心のかたまりのような人物であったらしいが、紀州藩主の時代には、ここで寝泊まりしていた可能性も高いのではないか。へえ〜。誰かサインか揮毫を貰っておけばよかったのに。

後日令青に教えていただいたのだが、青洲の妻、加恵はこの妹背家の出身なのだそうである。持つべきものは有識の友人である。

「紀の川市文化財マップ」という市教育委員会の発行した印刷物がある。当方、主にこれを参考に書いているのだが、写真や地図、資料なども加わった素晴らしい案内物である。

歴史のおとぎ話の中に誘い込まれてしまうよう。またゆっくり見て回りたい。

ここで令青は、いったん所領の地所の外に出て根來寺《ねごろ》に案内してくれた。

木立の中から、まさに見上げるような大門が目前に現れてくる。下車して境内に入ると、今まで当方が見たことのない形容であるけれど、思わず祈りを捧げたくなるような塔が現れてきた。「毘盧遮那法界体性塔」といわれる根本大塔である。案内を引用するが、真言宗では「金胎不二《こんたいふに》」の精髄を表すものとして、最も重要な塔で、高さ約三十七メートルを超え、木造建築では日本最大の国宝であると。

思いがけないほどの建造物が境内の奥に次から次へと展開していく。

開祖、覚鑁《かくばん》上人は高野山を出て、弘法大師の真言密教を正しく伝えようと、この地に移り教義の普及につとめたのであるのだが、前にも述べたように豊臣秀吉の迫害を受け、粉河寺同様寺の大部分が消失したが、後年徳川家によって再興されたとのこと。

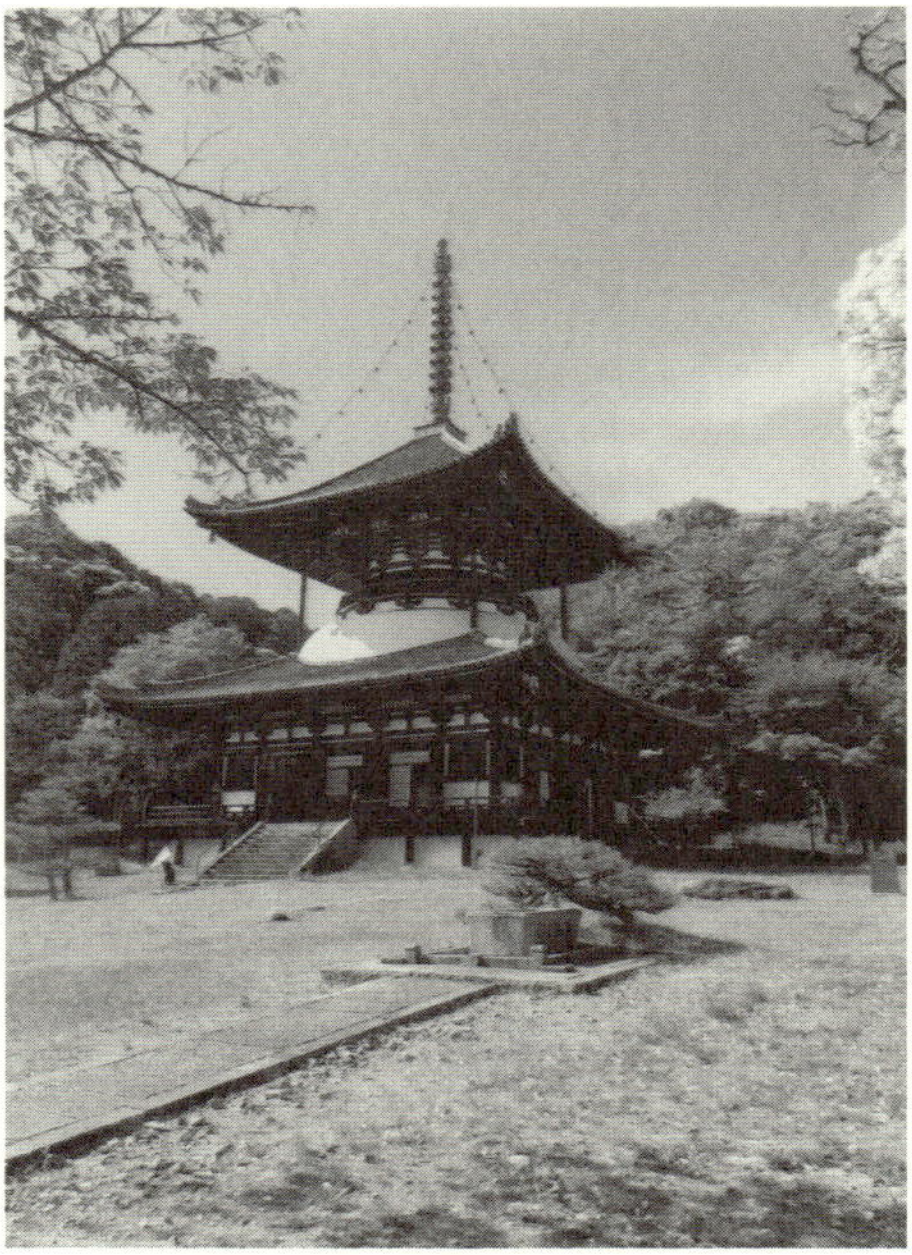

根來寺大塔

令青は、次に幼なじみが経営しているというフルーツガーデンを案内してくれた。立派な建物は、折からの観光客で大盛況、中に入って果物を味わう余裕もなく、外に出ざるを得なかったが、梅はもとより、レモン、みかんをはじめとする柑橘類、蜂蜜なども広く扱い、都内にもパーラーを数件進出させているとのこと。

松本徹氏が書いておられ

たが、佐藤家の田仲荘を中心において俯瞰すると、根來寺と粉河寺ともに同じぐらいの距離にあり、紀ノ川をさかのぼると橋本、五條があり、吉野に至り、さらには大和に通じる。

紀ノ川を下ると、和歌山があり、海を渡ると淡路島、四国へと通じている。古井由吉氏も『山躁賦』のなかで、根來寺を訪れ、和歌浦から四国へと渡り、琴平、屋島へと移動したことを記されている。

現在の紀ノ川市が往時の物流、情報の集積地のひとつであった。この地に育ったことが西行の生涯に大きな影響を与えていることは否めないと思う。

そして、西行の一歳年下の、無礼な言い方であるが、「大怨霊」の崇徳院は、四国の白峯寺に御陵があるという。

ならば、無茶ではあるけれども、こういう廻り旅はどうだ?

弘法大師の善通寺・崇徳院の白峯寺・大江健三郎の内子。そして佐田岬から渡れば九州である。オプショナルツアーと言い換えても、よい。

われらの先祖

まず、みなさんお読みになられたことがないと思う小説を紹介する。
はじまりは、こうである

夜明けがたに、幼女が犬に咬《か》まれたといって救助をもとめる叫び声が聞えた。また、犬の吠《ほ》え声もひと声だけ、鋪道《ほどう》からたちのぼるのを聞いた。それは悲鳴のようにも聞えた。この時刻に、鋪道を幼女が歩いているのは、どういうことかと不審に思いながら、僕は眠った。背後に髪をたなびかせながら、目鼻がなく蒼《あお》ざめた丸いのっぺらぼうの幼女が、足頸《あしくび》に夜着をからませて、薄暗い鋪道を逃げてゆく。ウィスキー色の大きい犬が追いすがり、交尾する具合に両前足を幼女の肩にのせる。朝、妻にこの恥ずかしい夢のことを話すことはしないで、僕は、加害者の犬が倒れていることを聞いた近くの曲り角まで、息子をつれて見物に出かけた。

(数十ページとばして、)

日曜日の朝、肉屋の使用人が台所の妻に向って陽気な雰囲気の報告をするのを僕は途中から聞いた。狩人《かりゅうど》のように暗渠《あんきょ》の上を歩き廻って、どこがつまっているのかをかれらは発見した。おそらくは暗渠のなかのドブ泥の臭いをかぎくらべて、という風に肉屋の男は話しているのである。かれらとは流浪する一家の人々だ。この一劃に悪臭がたちこめてきたのを、かれら一家の責任に帰そうとする者たちにたいして反撃に出たのだ。

(数ページとばして、)

極彩色の脂の棒めいた裏切り者はこの区劃のプチブルジョワのひそめている厭らしいものをあばきたてようとする。怯えた子供がなにごとか問いかけるのを制しながら動顚《どうてん》した若い母親が駈け出してしまう。そして人だかりは崩れる。

その時はじめて僕は、崩れる人垣に居残ってじっと立っている、流浪する一家の家長を見た。黒い中折れ棒をかぶり、濃い橙色《だいだいいろ》に燃えたつ毛皮の襟のジャンパーを着た男は、歩み去る人々と去る自動車とをじっと眺めていた。

成城に六十年以上住んでおられた大江健三郎氏の『狩猟で暮したわれらの先祖』の一部を紹介した。大江氏のご当地小説とも言えると思う。当方、一読して見慣れた周辺の風景が全く別のもののように感じた。

こんな小説がある、ということを教えて下さったのは長年読売新聞の文芸部門の記者として大江氏の担当をされていたという尾崎真理子氏である。試しに近くの図書館や書店の大江氏のコーナーを探しても、この小説を見つけることはむずかしい。

この小説は、読み巧者の池澤夏樹氏が編んだ日本文学全集に載っている。よくこんな小説を知っていたものだと当方驚いた。

導入部の大筋だけ伝えると、作家の住んでいる住宅街に、突然異様な人たちが隣人となり住みつく。作家は、幼少の頃に四国の故郷で彼らに会ったことがあり、彼らを迫害する側に回った記憶がある。そんな経緯があり、作家は彼らとプチブルな住人たちとの間の仲介をせざるを得なくなってくる。そして……。

この人物たちは「山人《やまびと》」の面影を強く抱いている。「山人」は、柳田国男がその実在を生涯求めていた、狩猟採取民である。

大江氏は柳田の最後の発表となる『海上の道』の岩波文庫版の解説もされておられる。

大江氏と柳田の年齢差は六十歳だが、互いの住居はそう離れてはいない。道のどこかですれ違った可能性だってある。

正直に言う。当方大江氏の著作は微少年期にファッションとして目を通した記憶はある。だがとっつきにくい。とっつけたとしても、途中で振りおとされそうになる。だがやっと今頃になってやっと、大江氏の作家的想像力の大きさに気がついた。遅すぎるけれど気がつけた。

個人的な記憶を遺しておく。駅前のスーパーの出口のところで大江氏と光氏が手持ち無沙汰という表情で木に寄りかかっているのを目撃したことがある。おそらく夫人が中で買い物をされていて出てくるのを待っていたのだろう。氏はスイミングにも通われていて、駅の近くをひとりで歩いている姿もよくみかけた。

蛇足ついでだが、先日尾崎真理子氏の話を伺う機会があった。大江氏のエピソードとして、一時、「パイコータンメン」にやみつきになって、光氏を自転車に乗せて町中華によく食べに行って、「デブ」になった頃があったという。尾崎氏でも、その町中華の店を特定できていないと述べておられた。よっしゃあ。地の利を生かして、聞き込みして尾崎氏より先に「成果」を挙げてやるぜい。

で、元に戻る。「山人考」という講演が大正六年（一九一七年）の「日本歴史地理学大会」でなされていて、その手稿の記録は残されている。これが「山人」について発表した嚆矢《こうし》であろう。

山人は日本列島に先住したとされる狩猟採取民であるが、農耕定住民に追われ、山に逃げ、いつか滅ぼされたとされる。

柳田は純粋の「山人」だけではなく「山地人（山民）」という概念も作り上げ、これは柄谷行人氏の指摘であるが、この山地人も移動農業や狩猟を行う山民と、工芸、武芸（柄谷氏の区分とは武士もこの区分のほうに入る）工芸を含む芸能的漂泊民とに分けられるという。

柳田が三十代で編纂した『遠野物語』の序文によく知られた一節がある。

国内の山村にして遠野よりさらに物深き所には　また無数の山神山人の伝説あるべし。

願わくはこれを語りて平地人を戦慄せしめよ。

後年、柳田氏は遊動民から定住農耕民に視点を向けるようになっていく。「常民」と名付けて、研究の対象になる。

だが、民間伝承に由来する。階層が上下に関わりない生物文化を維持する「常民」の概念《がいねん》も「山人」同様に確立するのがむずかしいものである。

柳田は「山人」の可能性の追求をやめたわけではなく、無形の状態ではあるけれど、「固有信仰」の中に、稲作、定住以前の先住日本人の可能性を見出そうとした。

この「固有信仰」は、必ずしも日本の地域に限られたものではなく、時代の地層を掘り下げていけば、世界中に見出される可能性まで考えていたようである。

大江氏は、当方の生活するその地に、突然われらが祖先の像を現出させた。

その発想力、表現力には、驚くばかりである。大江氏はさらに故郷の「四国の森の谷」とも結びつけた想像をされていたに違いないと思う。

こういうウソの力（＝想像力）、当方大好きである。

柳田・実験の史学

人類の歴史は約七〇〇万年前から始まる。約四〇〇万年前から直立姿勢をとり始め、約一〇〇万年前にアフリカ大陸から世界各地に拡散し始める。十五万年前以降くらいにホモサピエンス・ネアンデルターレンシスが欧州、西アジアなどで確認される。五万年ぐらい前にクロマニヨン人と呼ばれる人たちが、複数の部品を組み合わせたものを作り、大型動物なども狩りができるようになってくる。八五〇〇年前頃から、メソポタミアを中心に食料生産が始まってくる。

この時点から、狩猟採取民が得られるその場で処理する食物から農耕民が得られる穀物が主な食物になってくる。食物の保存も土地の所有も、そして売買して資本として運用することがおこり始める。農耕の周辺に遊牧が始まる。さらに交易と戦争が始まる。そして国家が生まれさらに帝国へと伸展する。

海部陽介氏らのグループが、古代舟を再現し、台湾から沖縄に渡る航海の再実験を行ったことは、記憶に新しいと思う。

氏の著書、『日本人はどこから来たのか?』の中で、日本列島の全国に旧石器時代の遺跡が一万箇所以上あり、これも世界有数のデータ量であると記されていたこと自体興味がもたれることだけれど、その遺跡の年代が三万八〇〇〇年前以降に集中しているという事実を指摘している。

この旧石器文化は一万六〇〇〇年前頃の縄文時代のはじまりまで連綿として継続している、という。

アフリカからの大拡散の末に日本列島に入ってきた「祖先」の侵入ルートとして、対馬ルート、沖縄ルート、北海道ルートの三つの可能性があることを海部氏は指摘しておられる。日本列島に移動してから太平洋へはそれ以上移動できない。つまり現在の日本列島(あるいはその前の列島の地形上で)で混血や文化の伝播が行われてくる。氏が述べられておられるように、「純粋な民族」や「純粋な文化」は存在しないと考えるほうが無理がない。

このあとは、柄谷行人氏の卓越した柳田分折の一部を紹介したい。

柳田は一九三五年（昭和十年）、「実験の史学」という論文を発表する。柳田は、一つの土地だけの見聞では単なる疑問でしかない奇異の現状が、多数の比較を重ねてみればたちまちにして説明となり、もしくは説明をすら要さざる、歴史の次々の飛び石であったことを語るのである。

と述べた。

海部氏の、今まで発見された後期旧石器時代の黒曜石石器の分布から展開する論と、どこか似かよっていると思いませんか。

柄谷氏に戻るが、「沖縄」が柳田にとり不可欠となったのも、この「実験の史学」からの観点で、そこに起源があるからでもなければ、他と異なるからでもなく、それと同一の事象がその他の地に見出せる限りにおいてである。つまり柳田にとっての郷土研究とは郷土の特異性を説明することでは全くなく、その研究の先には世界性も見えてくるという論点で説明している。

当方にとっては目からウロコの発想である。

柳田は、「山人《やまびと》」の存在を信じていたが、見つけたのは「山地民」であった。吉本隆明氏の有名な、「山人の有り様よりも、それを表象する村人の『共同幻想』である」、とするよりも、山人を村人の共同幻想に還元したりせず、「山人」を「歴史的な実在」として柳田は生涯追い続けて実施しようとしたが、それを示す史料は神話しかない。「山人（日本の先住民）は絶滅したが、信仰界を通じて、『固有信仰』に導こうと山人の可能性の論点を移した」、と柄谷氏は述べる。山人研究は、それを滅ぼした者による山人への「供養」であり、滅ぼされた先住民を滅ぼした者の子孫であると同様に、その先住民の血を引いているのかもしれない自分が弔うこと。柳田が表向きに山人の研究を断念したあとで固有信仰、つまり祖霊の探究に向かった動機であろうと。

柄谷氏は、「山人」と「山地民」との違いは山人が定住以前の遊牧民（ノマド）であり、山地民は定住以後に生まれたノマドである。このタイプのノマドは、定住性と従属性を拒否するが、定住農民社会を嫌悪しながらも彼らに依拠する交易を行い、ときには農民協同体を征服して国家を形成する。後者のノマドには遊牧民や芸能的漂民に似るし、武士も本来後者の狩猟的採取焼畑農民に近いと。

著名な網野善彦氏の史学では、南北朝時代、後醍醐天皇が非農業民や「悪党」と結託して武家政権に対抗したことを重視したが、そのような「悪党」は暗黙裏に国家とつながっていて、現政権が仮に打倒されても別の天皇政権ができるだけである、と。

すごい、すごい。

また、柳田の官僚時代の、国家からの経済の制約と一線を画す、協同自助の産業組合論を柄谷氏は、宇沢弘文氏の『社会的共通資本』の考え方とつながるものがある、と指摘されている。おそらく宇沢氏も全く予測していなかったであろう指摘であろう。

へえ〜そういうふうにつながってしまうのかと、当方これにも、驚く。

当方の弱いアタマでは整理し切れないが、もういちど同じことを復習したい。約八五〇〇年前、メソポタミアを中心に農業革命が開始される。どうなったか。狩猟採取民の得たその場で処理する食物とは異なり、農耕により得た穀物は、保存し、所有し、交易することも可能になる。戦争がおこり、国家が生まれ、さらには帝国へと拡大する。農耕が開始されて格差は飛躍的に拡大していく。

柄谷氏は従来のマルクス主義では中心に史的唯物論つまり生産様式論であると考えられて（自慢することもないが当方マルクス関連の著作には一度も接したことがない。だって荷風師匠に耽溺するようなひ弱な分子が、目を通すとは思えないでしょ）おり、つまり生産様式が、経済的な土台にあって、その上に政治的、観念的な上部構造があるとされていた。だが氏はその土台は交換様式にある、と提唱された。氏の言葉では、

産業資本でも商人資本でも、利益を生み出すのは、価値体系の違いです。商品は異なる価値体系の間で交換されることを通じて、価値・利益を生み出す。逆に言うと交

換が成立しなければ、商品に価値はない。

よく理解できる。だって本は売れなければ価値がないのだと当方実感している。みなさん今どきラーメン一杯と変わらない値段で、こんな含蓄があり、何度でも読み返せるものなんです。もっとお金だして買って下さい！

クールな当方が私情を表に出したことを反省するが、それは、それとして。

交換様式には次の四つがある。

A　互酬（贈与と返礼）　村落協同体　協力

B　服従と保護（略取と再分配）　権力

C　商品交換（貨幣と商品）　資本の力

D　Aの高次元での回復

このDに関して、柄谷氏は、具体的なイメージを提起してはいない。だが、（知ったかぶりするが）マルクス・エンゲルスに影響を与えた人物に、モーゼス・ヘスという人がいて、柄谷氏からまた引きするけれど、ヘスは「生産」のみならず、「交通」を重視した。

この「交通」は、交通、交換、性交、さらに戦争も含む人間と人間との間だけでなく、人間と自然の関係にも「交通」を見出した、という。わかった？

名は挙げないが、ある精神科医は、カウンセリングを例にあげ、「A」は友による互酬的なケア、「B」は親的なセラピストによる治療、「C」は「店」すなわち商売としてなされる心理療法に相当すると述べている。この医師は、原始において万人のコミュニケーション様式であった「対話」が今や精神医療も先端的試みとして回帰しつつあり、その意味で「D」の到来は実は心理療法において起きつつあるのではないだろうか、と述べている。
当方は、そういう考え方もあるのかね、と思うだけで、今の時点でコメントはない。

柳田と固有信仰

柳田国男の著作に接したことのある方ならば同感を得られるだろうが、とにかくいろいろな領域に及んだ著作がある。そして文章が論文形式でもなく、「summary」「key word」というくくりに慣れた身からすると体系的に捉えにくく読みにくい。

そういった表現を批判したのが吉本隆明氏で「無方法の方法」と述べているのだが、その吉本氏を批判したのが柄谷行人氏で、ジャレッドダイヤモンドの人類史究明の方法を理想に、「実験の史学」という概念をうちたてておられる。それ以上の詳細はそれぞれの著作に直接あたっていただきたい。

晩年の柳田の写真としてよく使われるのが、丸メガネ、口ヒゲにステッキの一見、村夫子然としたものがある。

この風体が曲者で、戦後のあの時代、あとは吉田茂氏の羽織、袴姿が思い出せるぐらいで、他のイッパンの人々（?）は、ふつうにネクタイ背広姿が多い。つまり、

「特権的な姿」なのである。

もとより、柳田の足跡を辿った著作は決して少なくはない。なれど、健康寿命の平均年齢に近づいているのに初心者の当方は、初心者なりの柳田像を整理してみたい。今日は数多い評伝の中から、菅野覚明氏の『柳田國男　人と思想』（清水書院）と、『新潮日本文学アルバム　柳田国男』（以前京都の古書店の店頭の箱から求めたものだ）をテキストに使わせていただいた。

・一八七五年（明治八年）、現在の兵庫県福崎町に松岡操・たけ夫妻の六男として生まれた。父は医師であったが、本居宣長・平田篤胤の国学に傾倒し、神官となる。定住農民の多いその地では、半ば漂泊民の立場であったらしい。長兄松岡鼎は、明治二十年、医師として茨城県利根町布川に医院を開業、国男や他の弟たちもひき取った。虚弱であった国男は学校へ行かず、長兄の友人宅の書籍を乱読した。この時期に『利根川図誌』なども読みふけった。長兄は地元の町長、県医師会長などもつとめた。

・一八九七年（明治三十年）、第一高等学校を経て東京帝国大学法科大学に入学、明治国家のエリートコースを約束された。在学中に旧飯田藩士で大審院判事、柳田直平の家に婿養子として入る。
・一九〇〇年（明治三十三年）、大学を卒業後農商務省に入省、約一年半在籍。
・一九〇二年（明治三十五年）、内閣法制局参事官に転任。
・一九一三年（大正二年）、法制局専任参事官に昇任。
・一九一四年（大正三年）、四十歳で貴族院書記官長に転任。

前後するが、菅野氏によると農商務省時代に、柳田は、「国家とは生きている人びとだけでなく、すでに死んだ人びとと、これから生まれてくる人びとをも成員として含む時間を越えた共同体である」、と述べているという。そしてこのような国家観は、柳田だけでなく、イギリスの思想家、エドマンド・バークにも見られるものであるという。また、一九〇六年（明治三十九年）には神社合祀令が発布されている。

この時代に、官僚として日本各地を公務視察。九州旅行中には宮崎県椎葉村にも入り、一年後には岩手県遠野にも入っている。田山花袋、藤原有多、小山内薫、島崎藤村らと「イプセン会」も結成する。

・一九一〇年（明治四十三年）、『遠野物語』他が刊行される。

・一九一一年（明治四十四年）、南方熊楠と文通を始める。

・一九一九年（大正八年）、ときの内閣総理大臣、原敬に貴族院書記官長の辞表を提出する。貴族院議長徳川家達（第十六代将軍であったかもしれない人物）と対立していたそうである。

・一九二〇年（大正九年）、はじめの三年間は国内外を旅する、という約束で朝日新聞客員社員を引き受ける。

・一九二一年（大正十年）、沖縄で伊波普猷《いはふゆう》と会う。同年国際連盟事務局次長である新渡戸稲造の推薦で、国際連盟委任統治委員に就任、ジュネーブへ向かう。

・一九二三年（大正十二年）、委員辞任の意志をかため、船で帰国の途中で関東大震災の報を受ける。

・一九二四年（大正十三年）から一九三〇年（昭和五年）まで吉野作造とともに朝日新聞論説委員に就く。
・一九二七年（昭和二年）、東京府北多摩郡砧村に別居が完成する。
・一九三四年（昭和九年）、自宅書斎に郷土生活研究所を設立。
・一九四六年（昭和二十一年）、吉田茂とともに最後の枢密顧問官となる（約一年弱）。
・一九四七年（昭和二十二年）、民俗学研究所を設立、一九五七年（昭和三十二年）研究所を閉鎖。
・一九五一年（昭和二十六年）、文化勲章を受章。
・一九六二年（昭和三十七年）、永眠する。

法科大学での卒業研究から農商務省の柳田の活動は、菅野氏によると、貧困甚だしい農民が市場経済で自立できるよう国家が支援するものでなければならない。そのために産業組合を作り、資本力のない小農小商工業者の転落を防ぎ、協同一致の利を目的にして組合員が交流することで、たとえば農業知識が分配交換され、相互の信頼が生まれることにより勤勉道徳心を向上させることができる、という政策を主張したが、先進的すぎて受け入れられるものでは、なかったようである。

柳田の抱いた大きな仮説は、実際には確認できなかったが、われわれは実は日本列島の先住民の末裔ではないか、ということ。つまり中央で消滅していても、辺境で、言葉や慣習が一致する場合は、それが歴史の古層と考えてもよい。その意味で沖縄は重要なのであり、さらにはその仮説は太平洋諸島にも広がりうる、という「実験の史学」は魅力的であり、日本人はどこから来たのか、という問いに対する答えを解明するきっかけにもなるという思いがあったのであろう。

さらに、大正末期頃より「常民」という言葉を柳田は多く用いるようになってくる。たとえば「庶民」という言葉には高いところから見下るような印象があるし、「平民」は「士族」に対応するようであるし、皇族もすべて含めた「常民」という言葉は、英語の「コモンズ」に対応する言葉として、おさまりが良いので使うようになったらしい。

これは偶然かどうか不明だが、渋沢敬三も「常民」という言葉を用いていたという（確認していません。悪しからず）。

日本の「固有信仰」について。

第二次大戦末に、柳田は『先祖の話』を出版している。家ごとに先祖の霊を祭るのが本来の姿であり、人は死ねば、自分も先祖として祭られることを信じて先祖の祭りを続けてきた。そしてある一定の期間が過ぎると他の家々の祖霊と相互承認して合祀して、氏神として祭られ、高い丘の上から村の暮らしを見守り続けるという概念があった。

柳田は、一九〇六年の神社合祀の勅令によって神社を整えひとつの自治体にひとつの神社を置くという政策には強く反発していた。

さらに、大戦で子息も徴兵を受けておられたようだし、近しい折口信夫には養子の男子がひとりいるのみであったが徴兵され硫黄島で戦死されたこともあり、日々破壊されていく都市の姿を目のあたりにしながら、遠くで死んだ死者の魂はどこへ行ってしまうのか、悩んだようである。柳田は若い戦死者は養子縁組によって「先祖」にすることを提案した。

個人的な思い出であるが、当方が大学に在籍していた頃、同じ学会に属しておられ、その学会内で、振る舞いも格好よく、スターのような存在のひとりであったある医師が、当時所属しておられた筑波大学から郷里の佐賀県に移り、そのうち亡くなられた、という報を学会の追悼記事（だったと思う）で読んだ。先生は、遺されたまだ小さい子供に、丘の高いところから見守っている、という遺書を残されたとのことだった（詳細は記憶していない）。

柳田の思想を勉強していて、ひょいとある医師の遺した言葉を思い出した。当方にとって固有信仰を思わせる例として、忘れられなくなりそうである。だけれども、現在、「固有信仰」は残存しているのだろうか、という疑問は残る。

亡くなった父祖・血統関係にあった人々に対する思い、子孫の将来に対する思いはだがしかし、自分の身の内に抱き続けなければならないものと考える。

犬も歩けばスミス

当方が日々その前を通過する大学の門前に白い立て看板が置かれていた。内容は、アダム・スミス生誕三百年を記念する講演会の案内であった。

当方、この大学に授業料を納めたことはないし、何らかの取引関係にもない。時々興味深い公開講演会の案内が出ていて、地域住民枠（勝手に決めているが）で聴講させていただいている。折しも公孫樹の並木はまだ青々としており、空も澄んでいて気持ちがよい。並木が黄色化してからのほうが写真映えは良いと考える方も多かろうが、歩きやすさや掃除の手間から考えたら、青いうちのほうが好みである。

当方の知識は、仮に線引き問題に「神の見えざる手」という学問があれば、「アダム・スミス」という名前に線を引く程度のものである。この機会に内容の理解を深めたい。字句に借り物の言葉が多かったり、引用の仕方が的を射ていなかったりしても、それは当方の未熟のためである。

まず、当日の新村暁氏と野原慎司氏のレクチャーから、スミスの生涯を手短に確認したい。

近代経済学の祖とされるスミス（一七二三–九〇）の経済理論は自由放任主義で、経済に政治の介入を有する論者として印象づけられている。だが一面でスミスは、道徳や哲学に及ぶ著作活動も多い。

大別して前期（主に三十歳代）の主な著作『道徳感情論』『法学講義』を発表した時期には、貧困で平等な未開社会よりも不平等でも豊かな文明社会を訴え、自由放任、小さな政府を主張していた。

スミスはこの時期、生産物市場での需要と供給が保たれていればそれで安定する。つまり人々の利己的行為が「公平な観察者」に「共感」されるならば、人々の経済活動はそのまま公共の利益につながる、と論じていた。

だが、その後スミスの教え子であり、ある銀行の経営者であった人物のその銀行が突然倒産し、大金融恐慌をひきおこし、スミスもその銀行の破綻処理にたずさわることになる。この事件が著作『国富論』に大きな影響を与えたという。

後期（主に五十歳代）の主著『国富論』では、冒頭に、富とは貨幣ではなく、国民が日々消費する生活必需品と便益品であると記した。

生産物市場では、需要と供給の均衡がとれれば、それで安定するが、金融市場では市場の自動調節能はうまく機能しない。金融市場では、借入（資金需要）と貸出（資金供給）の均衡がとれたとしても、そのあとに債権と債務が残される。銀行の放漫な貸与により不良債権は膨大にふくらんでくる。

スミスは苦い経験を経て、この時期には、平等で裕福な文明社会を目ざし、自由放任主義と政府の一定の介入の併存、小さな政府と大きな政府の併存を論じている、という。

スミスは、また、あまり知られていないようであるけれども、現在の福祉政策の基本とも言えるような、公教育のあり方、分業による労働者の単純作業の悪影響、税の公平性などにも具体的な論を展開していく。当方も、「サマリー」で理解した「気分」になるのでなく、一から読んでみるべきなのであろう。

当方の師匠のひとり、佐伯啓思氏が、一九九九年に、アダム・スミス論を発表されておられる。以降氏の解釈を紹介したい。引用の仕方を間違えているとすれば、それが今の当方の実力である。また勉強し直す。

「道徳感情論」においてスミスが試みたことは、一言でいえば道徳性の基礎を、人間の自然な感情から導き出すことであった。これは、当時の民俗的な見解、ひとつは道徳をキリスト教という絶対的な倫理から導くというやり方とも、また道徳の基礎も、人間理性に求める啓蒙主義的な思考とも異なるもので、これと対比させてみれば、相当にユニークでかつ斬新的な試みであったといってよいだろう。

道徳律そのものは人間の自然の内に存在するものではない。それに代わって存在するのは、ヒュームにおいてもスミスにおいても、「同感」（シンパシー）の能力だけであった。そして、この感情のレベルで、他者の立場に身をおくという「同感」によって、人は社会的存在であるほかはない。

人間はあくまでも他人の是認をえ、他人に評価されることを切望しているということなのである。（中略）他人の是認をえること、評価をえること、称賛をえること、これらは人間の行動を特徴づけるもっとも重要なものなのだ。またそこから「虚栄」（バニティ）も生ずるのである。（中略）われわれは、たとえば、人に親切にして、他人から「尊敬」（つまり高度な是認）を受けることはできる。だが、そのうち、親切そうな「ふり」をして「尊敬」されたいと考えるようになる。このとき、われわれは「虚栄」を求めているのである。やっかいなのは、この「虚栄」もまた、もとはといえば同感の作用に基づいているということだ。

佐伯氏は国富の基礎を貨幣におくこと、そして重商主義へのスミスの論考を次のように解釈されている。田園生活の楽しさ、それを保証してくれる心の平穏、土地を耕作することに魅力を感じる、などというスミスの考え方の基本を引用しながら。

スミスの思考は、ふたつの対立において、優先順序をつけることを可能にする、ひとつは、国内経済／国際経済という対立において国内経済にプライオリティをおくことであり、もうひとつは、農業／商業という対立において農業のほうにプライオリティをおくということにほかならない。こうして重商主義、つまり国際経済と商業主義の結合に対する強い批判は、まさにスミスの思考の当然の帰結といわねばならない。注意しておきたいのは、スミスは経済のグローバリズムどころかむしろ逆に国内経済を重視したがゆえに重商主義を批判したということになるのである。

佐伯氏は、有名なスミスの「見えざる手」の部分を引用する。

かれ（あらゆる個人）は、公共の利益を促進しようと意図してもいないし、自分がそれをどれだけ促進しつつあるかを知ってもいない。外国貿易を支持するより、国内産業のそれを選好することによって、彼は自分自身の安全だけを意図し、また、その生産物が最大の価値をもちうるような仕方でこの産業を方向づける時、かれは自分自身の利益だけを意図しているのである。しかし、かれは、この場合でも多くの場合と同様、見えない手に導かれて、自分が全然意図してもみなかった目的を促進することになるのである。

スミスの引用のあと佐伯氏は論を進める。

基本的なところでひとつのルールや価値を共有し、ほぼ了解可能な慣習に従い、それゆえ相手の「是認」の標準がわかりやすい形で共有されている社会とは、ひとつの国家でしかないだろう。そして、人々の「自然的性向」は、経済活動をまずは国内に誘導するであろう。その結果、国内の生産力が増進する。つまり「国富」の増進になる。ここに国が豊かになる「自然の順序がある。」（中略）では貿易はどこからでてくるのか。それは国内で十分な生産が確保され、国内の需要を上回る余剰が発生したときである。貿易はあくまで余剰生産物の交換にすぎないのである。

著名な経済学者、ジョセフ・E・スティグリッツ氏は現代において「神の見えざる手」は成立しない、と述べているらしい。

経済活動が「公平」に行われなければ国富が労働者にまで恩恵が及ぶことは困難であろうことは当方でも容易に想像がつく。

また、わけがわからない方向に話を持っていくのをお許し下さい。「松葉ヶ谷」の稿と重複します。

十四世紀の日本の記録、『太平記』巻三十五にある事例が報告されている。

青砥左衛門なる、鎌倉の役人が、夜勤に出務する道すがら、滑川を渡った際に銭十文を落としてしまった。従者を走らせ松明を五十文分買って来させ、松明の明りでどうにか銭十文を見つけ出した。話を聞いた人々は「利益僅少で損失甚大だな」と、皮肉をこめて笑った。それに対し青砥左衛門は「今すぐ見つけ出さねば、滑川の底に沈んで永久に失われてしまう。私の損失は商人の利益となり、あわせて六十文が流通するのだから、ちゃんと社会に貢献しているのだ」と答えたという。

市場は交換からだけで成り立っているのではなく、労働が加わることによって新たな流通の活性化に寄与している、と受けとめるかどうか、いかがなものでしょう。

数年前『アダム・スミスの夕食を作ったのは誰か?』という本が話題になった。スミスは生涯独身で、母親と従姉妹がすべての家事を担っていたらしい。家事や介護などが無償の献身でありお金に換算できにくい問題をとりあげたのだが、うーん、当方もどう発言していいものか。正直言葉としてまとめられない。

スミスは、生産ラインに人を置くだけの、単純労働の問題にも論をよせているらしい。それこそ当方が佐伯氏に教えてもらった、米国の自動車産業での「フォーディズム」の問題の先駆けとも言える問題提起を、行っているその視野の広さに驚く。スミスの全体像をきちんと学び直していかなければならないことであろう。

新村氏、野原氏の講演会では、思いもかけない、『国富論』初刷本も展示されていた。多分本郷の大学の所蔵のものを持ってきたのであろうけれど。もちろん紙焼けもしているけれどとても重厚で、言葉にできない存在感を示して、参会者には大きなごほうびとなった。

旅とは何でしょう

もちろんこの題は、みなさんご推察のとおり、一九四一年に発表された映画の主題歌、『You Don't Know What the Love Is』のもじりである。別の邦訳もあるが、こちらの訳を当方は気にいっている。もじりと引用だけで文を紡いでいる当方には、お似合いの題と思う。

告白する。昨年、当方の所持していた十年有効のパスポートが失効した。折あらば（隙あらば）出国して、ハンコをべたべた集めてやるぜ、と願いながらも、パスポートは真白のままであった。五体がそこそこ満足なうちに出国する、という希望は絶たれた。十年前の自分の写真を眺めて、「ご苦労さんだったねえ」と自分で労《いたわ》った。同時に、それでもよく無事に生き長らえてよかった、との思いも抱いた。

そもそも現状において、経済格差、ＡＩ格差をはじめ様々な格差が取り沙汰されているが、有給とやらを利用してあちこち移動されておられる方々も多数おられそうだし、「公用」とやらであちこち出かける方々もおられるし、中には研修旅行という名目でエッフェル塔で記念写真を撮るお茶目な集団もおられるようである。覚えておられるだろうか。当方大分前に、品川を歩いた、というだけで感動して一文を仕上げたことがあった。今でも事態はほぼ変わらない。むしろ状況は悪化しつつある。

当方と対照的な旅活動を続けておられる方に、同年代の下川裕治氏がおられる。今でもますます過激な旅活動を続けてしかも深い識見を有しておられる。一層のご健勝をお祈り申し上げる。

それで、では旅とは何でしょうと自分に問うても、全くまとまりのない答えの繰り返しになってしまう。

また長い前おきになってしまったが、この数年の間の小文をまとめたものの、まだ書き残したもの、というより力が不足して書けないでいる項目が多く残っている。

当方にとって気になる項目を順不同に挙げてみる。当方のお先は知られたものというのは周知のこととしても、ＤＮＡとやらに秘められた遺伝子を継ぐものに、当方が今ここに在ったことを伝えられれば、という思いに希望の光を見出したくなってくるのだが、その成就についての不安は、つきまとう。

ひとつ、当方の父母の墓は、三・一一で被災した原子力発電所から、ほど遠くない地にある。被災後、平成天皇ご夫妻が、最初に見舞いに訪れた地、といえば記憶に残っておられるかもしれない。墓は、集落を見下ろす丘の上にある。集落を見守っているかのようだ。

正直に言う。当方これまであの事故に対して、自分の無知、非力のため何も言葉を発することができなかった。どう対応してよいのかもわからず、ただ、自分と家族の日常生活を維持するのに精一杯であった。

スウェーデンの作家、故ヘニング・マンケルは、癌に侵され、最後の出版物（「流砂」東京創元社）に、その絶望的な日々の状況を冷徹に記録されている。第一章に、人減衰に十万年もかかる高レベル放射性廃棄物の管理についての疑問を述べている。

類の誰が、そのことを記憶し続け、管理していくことができるというのか。

ひとつ、DX、AIが急速に世界を席巻している。だが、当方の理解では、AIは自律的に物を判断することはできないはずである。外を歩いて季節の変化を感じとり、店をのぞいて、おいしいものを感じとり、そうだこんどはこうしてみようと思いつく。その感覚判断をすべて、「いいね」とそれ以外との二分法で処理できるものなのか。

大澤真幸氏はこう述べている。

ITプラットフォーム企業の行っていることは、自分たちで発明したわけでもないのに勝手に共有物であるインターネットという土地を囲い込んで「私有地」としている。（中略）ネット上のサービスは無料ではなく、異様な個人情報を提供し、消費者である私たちは無償で「私有地」を耕しているのであると。

さらに、AI利用のためにはとてつもない量のエネルギーが必要であるようである。

現在でさえ、たとえば真夏に利用できるエネルギー量は限界に達する日々が続いているはずなのに。

ひとつ、山極寿一氏は、こう述べている。

約一万二千年前に、人間は農耕、牧畜という食料生産を開始し、余剰の食料を生み出せるようになった。けれども、定住と所有という原則は個人や集団の間に多くの争いを引き起こし、やがて支配階層や君主を生み出し、大規模な戦争につながる温床となった。（中略）地球環境が限界に達した今、私たちはひたすら、過去へは戻れないと思い込み前を向いて生きてきて、そろそろ過去の間違いを認め、共感力と科学技術を賢く使う方法を立てるべきではないか。

書いていて気づいたのだが氏は宇沢弘文氏ともつながっているのではないか。

翻って当方にできることは、何か。学ぶことを続け、客観的に物事を見すえる努力を続けること。自分自身の老化も、そう遠くない位置（具体的には、自分の実体からすこし上方に遊離した位置）から観察を続けるというのも、それはそれで面白いことである。

ひょんなことを思いついた。おむつがとり切れていない同行者を膝の上にのせバスの旅をまだ強要されているのだが、おむつは時々思い出したようにイナバウアーの姿勢になり後方の当方を観察することがある。多分寝てるんじゃないかなと思っての動作であろう（余計なお世話だ）。何につけ観察は大事である。そして観察されることがうれしいこともある。

宴会ではないが、今回これをもって中締めとする。

この先のことはわからない。

という舌の根も乾かないうちに、マイク・モラスキー氏の最近の刊行物に、「終わり」は「次の始まり」にすぎないという一文を見つけて、それもそうだなあ、と、へンに納得してしまったりする。

決断力のないことだけは、生涯一貫している当方の性格が露呈してしまったようで、いと恥ずかし。

旅する町医者　蝙蝠のつぶやき篇

2025年３月15日　初版第１刷発行

著　者　秋元 直人
発行者　瓜谷 綱延
発行所　株式会社文芸社
〒160-0022　東京都新宿区新宿1－10－1
電話　03-5369-3060（代表）
03-5369-2299（販売）

印刷所　株式会社フクイン

ISBN978-4-286-26359-5